AGATHA CHRISTIE

Cai o pano

Um caso de Hercule Poirot

Tradução
Clarice Lispector

3ª impressão

EDITORA
NOVA
FRONTEIRA

Título original: Curtain

Editora Nova Fronteira S.A.
Rua Nova Jerusalém, 345– Bonsucesso – 21042-235
Rio de Janeiro – RJ – Brasil
Tel.: (21) 3882-8200 – Fax: (21) 3882-8212/8313
http://www.novafronteira.com.br
e-mail: sac@novafronteira.com.br

CIP-Brasil. Catalogação-na-fonte
Sindicato Nacional dos Editores de Livros, RJ

C479c Christie, Agatha, 1890-1976
Cai o pano / Agatha Christie ; tradução de Clarice Lispector. – edição especial – Rio de Janeiro : Nova Fronteira, 2009

Tradução de: Curtain
ISBN 978-85-209-2362-7

1. Ficção inglesa. I. Lispector, Clarice, 1923-1975. II. Título.

CDD 823
CDU 821.111-3

Capítulo I

Quem nunca sentiu uma súbita pontada ao reviver uma velha experiência ou ao sentir uma emoção antiga?

"Isso já me aconteceu antes..."

Por que essas palavras nos tocam sempre tão profundamente?

Foi essa a pergunta que me fiz, sentado no trem, olhando a monótona paisagem de Essex.

Há quanto tempo fiz essa mesmíssima viagem? Absurdamente, na época eu achava que o melhor da minha vida já tinha passado, ferido que fui naquela guerra, para mim sempre *a* guerra — agora superada por uma segunda ainda mais sangrenta.

Parecia ao jovem Arthur Hastings, em 1916, que já estava velho e acabado. Não podia imaginar que minha vida só então começava.

Viajava, embora não o soubesse, para encontrar o homem cuja influência haveria de moldar e modelar toda a minha vida. Na verdade, ia para ficar com meu velho amigo, John Cavendish. Sua mãe havia acabado de se casar pela segunda vez e passava uma temporada na casa de campo, Styles. Pensava que iria somente rever velhas amizades, não imaginava estar bem perto de me envolver nas obscuras tramas de um misterioso assassinato.

Em Styles encontrei outra vez aquele homenzinho estranho, Hercule Poirot, que havia conhecido na Bélgica.

Lembrava-me bem do meu espanto quando vira aquela figura de bastos bigodes vindo pela rua, em minha direção.

Hercule Poirot! Desde então tem sido meu maior amigo, tendo influenciado profundamente minha vida. Com ele, investigando um outro assassinato, conheci minha esposa, a companheira mais maravilhosa e sincera que um homem poderia querer para si.

Ela descansa agora em solo argentino, morreu como desejara, sem maiores sofrimentos ou debilidades características da velhice. Mas deixou para trás um homem muito triste e solitário.

Ah! Se eu pudesse voltar — viver a vida toda outra vez. Se este pudesse ser aquele dia de 1916 em que viajei para Styles pela primeira vez... Quantas mudanças aconteceram desde então! Quantos rostos conhecidos não existem mais! Styles mesmo já não pertence aos Cavendish. John Cavendish está morto, mas sua esposa Mary — que figura fascinante e misteriosa! — ainda vive, morando em Devonshire. Lawrence está com sua esposa e filhos na África do Sul. Mudanças — mudanças em toda parte.

Mas uma coisa, por mais estranho que pareça, permanecia igual. Eu estava indo para Styles encontrar Hercule Poirot.

Fiquei surpreso quando recebi sua carta, endereçada de Styles Court, Styles, Essex.

Há quase um ano não via meu velho amigo. Do nosso último encontro tinha-me ficado uma impressão de tristeza e desprazer. Poirot estava velho e quase entrevado pela artrite. Tinha ido ao Egito ver se melhorava um pouco, mas voltou, assim me informava, mais para pior do que para melhor. Mesmo assim, sua carta tinha um tom alegre...

Não lhe causa surpresa, meu amigo, o endereço de onde estou escrevendo esta carta? Traz de volta velhas lembranças, não é? Pois é, estou aqui em Styles. Imagine você, Styles agora é o que chamam de pensão, um pequeno hotel. Administrado por um daqueles coronéis antigos, tão britânicos — bem do tipo "minha velha escola" e "Poona". É sua esposa, bien entendu, *que faz o negócio ir em frente. Ela sim é uma excelente administradora, mas tem uma língua de cobra e o pobre do coronel, como ele sofre! Se fosse comigo eu a cortaria ao meio!*

Vi o anúncio da pensão no jornal e o destino quis que voltasse ao lugar que foi minha primeira casa neste país. Na minha idade, é agradável reviver o passado.

Então, imagine você, encontro aqui um cavalheiro, um baronete que é amigo do patrão da sua filha. (Essa última frase parece um exercício de francês, não parece?)

Imediatamente arquitetei um plano. Ele quer persuadir os Franklin a passar o verão aqui. Eu, por minha vez, quero persuadir você, assim nós ficaremos todos juntos, en famille. *Vai ser bastante agradável. Portanto,* mon cher *Hastings,* dépêchez-vous, *venha o mais rápido possível. Eu lhe reservei um quarto com banheiro (está modernizada, como você vê, a velha Styles) e barganhei com a senhora do coronel até chegar a um acordo* très bon marché. *Os Franklin e sua encantadora Judith já estão aqui há alguns dias. Está tudo arrumado, portanto, não venha com estórias.*

A bientôt.

Do seu, Hercule Poirot.

As perspectivas eram tentadoras, e me rendi aos desejos de meu velho amigo sem restrições. Não tinha laços nem endereço fixo. Dos meus filhos, um rapaz estava na Marinha, o outro casado e administrando o rancho na Argentina. Minha filha Grace casou-se com um militar e, no momento, estava na Índia. Judith, a outra filha, era de quem, em segredo, sempre gostei mais, embora nunca a tivesse compreendido bem. Uma criança estranha, sombria e fechada, obstinada quanto a suas opiniões, o que em algumas ocasiões muito me preocupou e afrontou. Minha mulher era mais compreensiva. Ela me assegurava que não era falta de confiança de Judith em nós ou em si mesma, e sim uma espécie de compulsão selvagem. Mas às vezes ela mesma ficava preocupada com as atitudes de Judith. Dizia que as emoções da filha eram muito intensas, muito concentradas, e, sendo reservada por natureza, não dispunha de nenhuma válvula de escape. Tinha estranhos acessos de silêncio e uma quase que amarga tendência a ser facciosa. Era a mais inteligente da família e muito nos alegrou seu desejo de entrar para a universidade. Formou-se há mais ou menos um ano e, desde então, trabalha como assistente de um médico pesquisador de doenças tropicais. A mulher dele sofria de algum tipo de doença nervosa.

Ocasionalmente me perguntara, com certa aflição, se o envolvimento de Judith com o trabalho e a devoção a seu chefe não seriam sinais de que ela estivesse apaixonada. Mas a impressão que me davam suas relações era de que não passavam mesmo de exigências profissionais.

Acreditava que Judith gostasse de mim, mas ela quase não demonstrava. Além disso, muitas vezes se mostrava desdenhosa e impaciente com o que chamava de minhas idéias românticas e antiquadas. Para ser franco, não me sentia muito à vontade com minha filha!

Nesse ponto meus pensamentos foram interrompidos pela chegada do trem à estação de Styles St. Mary. Pelo menos isto não havia mudado. O tempo não passara por ali. Ainda estava assentada entre os campos, sem nenhuma razão aparente para existir.

Mas quando o táxi passou pelo vilarejo, percebi a passagem do tempo. Styles St. Mary estava irreconhecível. Postos de gasolina, um cinema, mais duas hospedarias e várias casas daquelas que a prefeitura aluga.

Logo chegamos ao portão de Styles. Aqui parecíamos retornar aos tempos antigos. O parque estava quase a mesma coisa, mas o caminho estava muito mal conservado e cheio de mato crescendo entre as pedras. Dobramos uma curva e a casa surgiu. Vista de fora também não mudara nada, mas precisava de uma boa mão de tinta.

Como em minha chegada há tantos anos, havia uma mulher curvada sobre um dos canteiros do jardim. Meu coração quase parou. Então a pessoa aprumou-se e veio na minha direção. Soltei uma boa gargalhada interior. Não poderia imaginar tamanho contraste com a robusta Evelyn Howard.

Era uma frágil senhora de idade, de abundantes cabelos brancos encaracolados, faces rosadas e uns olhos azuis frios e distantes que em muito contrastavam com a afabilidade de suas maneiras, um pouco efusivas demais para o meu gosto.

— O senhor é o capitão Hastings, não é? — perguntou. — E eu com as mãos sujas sem poder cumprimentá-lo. Que ótimo que o senhor veio, ouvimos falar tanto no senhor! Deixe eu me apresentar. Sou a sra. Luttrell. Meu marido e eu compramos esse lugar num acesso de loucura e estamos tentando torná-lo um negócio compensador. Jamais imaginei que seria algum dia uma hoteleira! Mas lhe digo, capitão Hastings, tenho muito de negociante. Descubro despesas extras por todo o lado.

Nós dois rimos como se tivéssemos ouvido uma boa piada, mas me ocorreu que o que a sra. Luttrell tinha acabado de dizer era, com toda a certeza, a expressão da verdade. Por trás da aparência cativante de seus modos de velhinha charmosa, vislumbrei uma dureza de pedra.

Embora a sra. Luttrell ocasionalmente mostrasse um leve sotaque irlandês, não possuía antepassados na Irlanda. Era mera afetação mesmo.

Perguntei por meu amigo.

— Ah, coitadinho do M. Poirot. Como vem aguardando sua chegada. Derreteria um coração de pedra. Morro de pena dele, sofrendo daquele jeito.

Enquanto caminhávamos em direção à casa, ela foi tirando suas luvas de jardinagem.

— E sua linda filha — continuou. — Que amor de garota! Nós todos a admiramos profundamente. Mas sou meio antiquada, sabe, e me parece um pecado que uma moça daquelas, que deveria estar indo a festas, dançando com os rapazes, deva usar todo o seu tempo cortando coelhos ou ficando curvada sobre o microscópio o dia inteiro. Devia deixar esse tipo de coisa para as feias.

— Onde está Judith? — perguntei. — Está aqui por perto?

A sra. Luttrell fez uma careta maternal.

— Coitadinha. Está enfurnada naquela casinha lá no fundo do quintal. Estou alugando-a ao doutor Franklin. Ele arrumou a casa todinha. Está cheia de porquinhos-da-índia, pobrezinhos, ratos e coelhos. Não sei se estou gostando de toda essa ciência, capitão Hastings. Ah, aí vem meu marido.

O coronel Luttrell surgiu naquele instante de um dos lados da casa. Era um velho alto, meio enfraquecido, de rosto chupado, doces olhos azuis e uma mania de puxar, hesitante, seus pequenos bigodes brancos. Tinha um jeito meio confuso, meio nervoso...

— Ah, George, chegou o capitão Hastings, afinal.

O coronel Luttrell me cumprimentou.

— Você chegou pelo das 17h40, hem?

— Em qual outro ele podia ter vindo? — replicou, ríspida, a sra. Luttrell. — E de qualquer jeito, isso não importa. Leve-o lá para cima e mostre-lhe o quarto, George. E então talvez ele queira estar logo com M. Poirot, ou prefere tomar chá antes?

Garanti que não queria chá e preferiria ir saudar logo meu amigo.

O coronel Luttrell disse:

— Está bem. Vamos indo. Espero... hum... que já tenham levado suas coisas para o quarto... hem, Daisy?

A sra. Luttrell respondeu de modo rude:

— Isso é problema seu, George. Estava trabalhando no jardim. Não posso tomar conta de tudo.

— Não, não, claro que não. Eu... eu vou providenciar isso, meu bem.

Segui-o pela escada da frente. No vão da entrada encontramos com um senhor grisalho, franzino, que saía correndo com um binóculo nas mãos. Mancava e tinha uma cara de menino impaciente. Disse ele, gaguejando um pouco:

— Tem um casal de filhotes naquele ninho perto do plátano.

Ao entrarmos no salão, Luttrell explicou:

— Aquele é Stephen Norton. Bom sujeito. Doido por passarinhos.

No salão propriamente dito, um homem enorme estava em pé ao lado da mesa. Tinha certamente acabado de telefonar. Levantando o rosto, exclamou:

— Gostaria de enforcar, estripar e esquartejar todos os construtores e empreiteiros. Nunca fazem nada direito, os imbecis.

Sua fúria era tão engraçada e tão sentida, que nós dois rimos. Simpatizei de imediato com o homem. Era muito bem-apessoado para alguém que já passara dos cinqüenta, com um rosto bem queimado de sol. Parecia ter levado uma vida ao ar livre, e aparentava ser um tipo de homem que está se tornando cada vez mais raro, um inglês da velha-guarda, franco, amante da vida ao ar livre e o tipo de pessoa que sabe comandar.

Não fiquei muito surpreso quando o coronel Luttrell apresentou-o como Sir William Boyd Carrington. Sabia que ele tinha sido governador de uma província na Índia, onde obteve um sucesso tremendo. Era também um renomado caçador de feras assim como um exímio atirador. O modelo de homem, refleti pesaroso, que não parece mais florescer nestes tempos de decadência.

— Ah! — disse. — Estou contente de encontrar em carne e osso esse famoso personagem, *mon ami* Hastings — riu a valer. — Aquele simpático sujeito belga fala muito de você, sabe. E ainda, é claro, temos sua filha por aqui. Muito boa moça.

— Não creio que minha filha fale muito de mim — respondi, sorrindo.

— Não, não, ela é muito moderninha. Essas meninas de hoje sempre ficam sem graça de admitir que têm um pai ou uma mãe.

— Os pais — disse — são praticamente uma desgraça, uma vergonha.

Ele riu.

— Bem... meu problema é outro. Não tenho filhos, menos sorte ainda. Sua Judith é uma bonita moça, mas demasiadamente sofisticada. Realmente, demais — apanhou outra vez o telefone. — Espero que você não se importe, Luttrell, de eu mandar esse seu centro telefônico para aquele lugar. Não tenho muita paciência com telefonistas.

— Elas merecem — respondeu Luttrell.

Subiu as escadas e fui atrás dele. Ele me levou pela ala esquerda da casa até uma parte no fim do corredor. Percebi então que Poirot havia reservado para mim o mesmo quarto em que fiquei da outra vez.

Havia umas modificações. Ao passar pelo corredor notei algumas portas abertas. Observei que os cômodos enormes antiquados haviam sido subdivididos em vários quartos menores.

Mas o meu quarto, que não era grande, não sofreu qualquer modificação a não ser pelas instalações de água quente e fria e a construção de um pequeno banheiro. Estava mobiliado num estilo moderno, vulgar, que não me agradava. Teria preferido que a decoração fosse mais de acordo com a arquitetura da casa.

Minha bagagem já estava no meu quarto e o coronel explicou que o quarto de Poirot ficava bem em frente, no outro lado do corredor. Estava prestes a me levar até lá quando um grito bem agudo de "George" veio lá de baixo.

O coronel Luttrell tremeu como um cavalo inquieto. Levou a mão aos lábios.

— Tem certeza de que está tudo bem? Chame quando precisar de alguma coisa.

— *George!*

— Já estou indo, meu bem, já estou indo.

Saiu apressado pelo corredor. Permaneci de pé olhando ele se afastar. Depois, com o coração batendo um pouco mais ligeiro, atravessei o corredor e bati levemente na porta do quarto de Poirot.

Capítulo 2

Na minha opinião, nada é tão triste quanto a ruína pacientemente forjada pela idade.

Pobre amigo! Já o descrevi muitas vezes, mas agora é preciso lhes dar uma idéia de como estava diferente... Entrevado pela artrite, andava agora numa cadeira de rodas. Seu porte meio cheio já não existia mais, era um homenzinho seco. As faces marcadas e enrugadas. Seus bigodes e cabelos ainda apresentavam um preto-carvão, mas francamente, embora por nada nesse mundo eu goste de magoá-lo, isso não passava de um engano. Há um momento em que pintar o cabelo fica dolorosamente óbvio. Houve uma época em que fiquei boquiaberto ao saber que a cor negra do cabelo de Poirot vinha de um frasco. Mas agora o recurso era visível, e só dava mesmo a impressão de que usava uma peruca e que adornava o lábio superior para divertir as crianças!

Somente os olhos eram os mesmos de sempre, sagazes e faiscantes, mas agora — sem dúvida alguma — suavizados pela emoção:

— Ah, *mon ami* Hastings, *mon ami* Hastings...

Inclinei minha cabeça e ele, como de costume, me abraçou afetuoso.

— *Mon ami* Hastings!

Afastou-se um pouco e me observou com a cabeça levemente caída para o lado.

— É, igualzinho... as costas retas, ombros largos, cabelos grisalhos... *très distingué*. Sabe, meu amigo, você está bem conservado. *Les femmes*, elas ainda se interessam por você? Hem?

— Francamente, Poirot — protestei. — Será que insiste...

— É, mas lhe asseguro, amigo, isso é um teste: "o teste". Quando as jovenzinhas chegam para você conversando com tanta gentileza, oh, tão gentilmente, é o fim! "Coitado do velho", dizem, "vamos ser boazinhas para ele. Deve ser horrível ficar assim." Mas você, Hastings, *vous êtes encore jeune*. Para você ainda existem chances. Isso mesmo, torça os bigodes, abaixe os ombros, vejo que tenho razão, você não deveria parecer tão acanhado assim.

Dei uma boa gargalhada.

— Você realmente é demais, Poirot. E como vai você?

— Eu? — respondeu com uma careta. — Estou um lixo, uma ruína. Não posso mais andar. Estou todo torto e paralítico. Ainda bem que posso me alimentar sozinho, mas fora isso tenho que ser tratado como um neném. Posto na cama, lavado, vestido. *Enfin*, não é agradável. Mas pelo menos, enquanto o exterior apodrece, o interior está sempre ótimo.

— Realmente. Um inigualável coração de aço.

— O coração? Talvez. Mas não estava me referindo a ele. O cérebro, *mon cher*, isso é o que quis dizer com o interior. Meu cérebro ainda funciona maravilhosamente.

Pude pelo menos perceber, e claramente, que não ocorrera nenhuma deterioração do cérebro no tocante à modéstia.

— E você gosta daqui? — perguntei.

Poirot deu de ombros.

— É, dá para o gasto. Não é, você sabe, nenhum Ritz. Não mesmo. O quarto em que fiquei logo que cheguei era pequeno e pessimamente mobiliado. Mudei para este aqui sem acréscimo no preço. A comida, bem, é inglesa no que tem de pior. As couves-de-bruxelas enormes, duríssimas, do jeito que os ingleses gostam. As batatas cozidas ou muito duras ou se desmanchando. Os legumes com gosto de água, água e mais água. A falta absoluta de sal ou pimenta em todos os pratos — fez uma pausa expressiva.

— Parece terrível — falei.

— Não me queixo não — mas continuou a fazê-lo. — E tem também a chamada modernização. Banheiros, torneiras por toda parte, e o que sai delas, meu amigo? Água morna, *mon ami*, na maior parte do dia. E as toalhas tão fininhas, tão pequenininhas!

— É, que saudades dos velhos tempos — falei pensativo.

Eu me lembrei das nuvens de vapor que jorravam da torneira de água quente do único banheiro da Styles de antigamente. Era um daqueles banheiros com uma banheira enorme com apoios de mogno, descansada e orgulhosa no meio do assoalho. Lembrei, também, das toalhas de banho, imensas, as vasilhas de latão brilhando, cheias de água quente ao lado das bacias antigas, sempre que precisávamos.

— Mas não devemos reclamar — repetiu Poirot. — Não me importo de sofrer, por uma causa justa.

Um súbito pensamento me assaltou.

— Poirot, você não está, bem, em dificuldades, está? Sei que a guerra afetou seriamente os investimentos...

Poirot me tranqüilizou logo.

— Não, nada disso, meu amigo. Minha situação financeira é excelente. Na verdade, estou rico. Não é a situação econômica que me traz aqui.

— Então, tudo certo. — E continuei: — Acho que posso entender o que você está sentindo. Quando uma pessoa vai envelhecendo tende a querer voltar aos velhos tempos; tenta reviver velhas emoções. De certo modo, me é um pouco doloroso estar aqui, e no entanto, mil pensamentos e sensações, quase esquecidas no tempo, me voltam. Acredito que você deve sentir o mesmo.

— Nem um pouco. Não sinto nada disso.

— Foram ótimos aqueles tempos.

— Fale por si, Hastings. Para mim, a chegada a Styles St. Mary foi muito triste e dolorosa. Eu era um refugiado, ferido, exilado, vivendo de caridade num país estranho. Não, não estava nem um pouco feliz. Não sabia naquela época que a Inglaterra viria a ser o meu lar e que seria muito feliz aqui.

— Esqueci dessas coisas — admiti.

— Exatamente. Você atribui aos outros os sentimentos que você mesmo está sentindo. Se Hastings estava feliz, todo mundo estava feliz.

— Não, de jeito nenhum — protestei, sorrindo.

— E, de qualquer jeito, nem isso é verdade — continuou Poirot. — Você fala que olha para trás, as lágrimas nascendo nos olhos. "Oh, que dias felizes. Eu era jovem então." Mas, realmente, meu amigo, você não era tão feliz quanto está pensando. Você tinha acabado de sofrer um ferimento grave, estava preocupado em ficar incapacitado para o serviço ativo, estava deprimidíssimo por causa da sua convalescença numa melancólica casa de repouso e, pelo que me lembro, complicou ainda mais as coisas se apaixonando por duas mulheres ao mesmo tempo.

Tive de rir envergonhado.

— Que memória, Poirot!

— Ta, ta, ta... Estou me lembrando de seus suspiros melancólicos ao murmurar tolices sobre duas mulheres encantadoras.

— E você, se lembra do que me disse? Falou. "E nenhuma das duas é para você. Mas *courage, mon ami*. Nós podemos caçar juntos outra vez e talvez aí..."

Parei. Pois Poirot e eu tínhamos ido "caçar juntos outra vez" na França e foi lá que encontrei a única mulher...

Delicadamente, meu amigo deu umas batidinhas no meu braço.

— Eu sei, Hastings, eu sei. A ferida ainda é recente. Mas não fique mexendo nela, não olhe para trás. Olhe para a frente, isso sim.

Fiz um gesto de desgosto.

— Olhar para a frente? O que existe para ser olhado?

— *Eh bien*, meu amigo, há trabalho a fazer.

— Trabalho? Onde?

— Aqui.

Olhei surpreso para ele.

— Agora mesmo — disse Poirot — você me perguntou por que eu tinha vindo para cá. Você provavelmente não notou que não lhe respondi. Darei a resposta agora. Estou aqui perseguindo um assassino.

Olhei-o com mais surpresa ainda. Por um momento pensei que estava delirando.

— Você está falando sério?

— Claro que estou. Por que outra razão teria insistido tanto para que você viesse se encontrar comigo? Meus membros podem não ter mais vida, mas meu cérebro, como já lhe disse, não sofreu qualquer dano. Meu sistema, lembra-se, sempre foi o mesmo: sentar e pensar. Isso ainda posso fazer, na realidade é a única coisa que posso fazer. Para a parte mais laboriosa do processo, terei comigo meu inestimável Hastings.

— Você está realmente falando sério? — perguntei, ofegante.

— Já lhe disse que sim. Você e eu, Hastings, *vamos sair para uma nova caçada.*

Levei alguns minutos para compreender que Poirot estava realmente sendo sincero.

Por mais fantásticas que suas palavras me parecessem, não havia nenhuma razão para duvidar de seu discernimento.

Com um leve sorriso, ele falou:

— Finalmente você se convenceu. A princípio imaginou que eu estivesse com o miolo mole, não é?

— Não, não — respondi, ansioso. — Só que esse não parece um lugar apropriado.

— Ah, você acha?

— É claro que ainda não vi todas as pessoas...

— Quem você já conheceu?

— Só os Luttrell, e um sujeito, Norton, parece meio inofensivo e Boyd Carrington, com esse eu simpatizei muitíssimo.

Poirot concordou com a cabeça.

— Bem, Hastings, ouça o que estou lhe dizendo, quando você tiver visto o restante das pessoas da casa, minha afirmação vai lhe parecer tão absurda quanto agora.

— Quem mais está aí?

— Os Franklin, o doutor e a senhora, a enfermeira que cuida da sra. Franklin, e sua filha Judith. Há também um outro homem, Allerton, um dom-juan, e uma srta. Cole, mulher de seus trinta anos. São todos, estou lhe dizendo, excelentes pessoas.

— E uma delas é um assassino?

— E uma delas é um assassino.

— Mas por quê, como, o que faz você pensar que...?

Achei difícil ordenar minhas perguntas, elas tropeçavam umas nas outras.

— Calma, Hastings. Vamos começar do começo. Apanhe, por favor, aquela caixinha na escrivaninha. *Bien*. E agora a chave, assim...

Destrancando a pasta de couro, tirou dela um bolo de recortes de jornais e papéis datilografados.

— Você pode estudá-los à vontade, Hastings. Por ora não vou incomodar você com os recortes dos jornais. São apenas relatos da imprensa de diversas tragédias, às vezes imprecisos, outras vezes sugestivos. Para você ter uma idéia dos casos, sugiro que você leia o sumário que fiz.

Profundamente interessado, comecei a ler.

CASO A — ETHERINGTON

Leonard Etherington. Hábitos desagradáveis — tomava drogas e também bebia. Pessoa esquisita e sádica. Esposa jovem e bonita. Desesperadamente infeliz com ele. Etherington morreu, aparentemente de intoxicação alimentar. Médico não satisfeito. Autópsia revelou morte devido a dose de arsênico. Suprimento de veneno para jardim guardado na casa mas adquirido muito antes. Sra. Etherington presa e acusada de assassinato. Recentemente, tornara-se amiga de um funcionário público que estava voltando para a Índia. Nenhum sinal concreto de infidelidade, mas evidência de profundo relacionamento entre eles. O jovem depois ficou noivo de uma moça que conheceu em viagem. Alguma dúvida sobre se a carta avisando a sra. Etherington desse fato chegou antes ou depois da morte do marido. Ela diz que antes. Provas contra ela meramente circunstanciais, ausência de qualquer outro suspeito provável, e acidente altamente improvável. Muita compaixão sentida por ela no julgamento por causa do temperamento do seu marido e os maus-tratos sofridos por ela. A súmula do juiz foi favorável a ela, dando ênfase ao fato de que o veredicto deveria estar acima de qualquer suspeita.

Sra. Etherington absolvida. Opinião geral, no entanto, é de que foi culpada. Sua vida depois disso ficou muito difícil, devido ao tratamento frio que lhe devotaram os amigos. Morreu de uma dose excessiva de barbitúricos, dois anos depois do julgamento. Resultado do inquérito: morte acidental.

CASO B — SRTA. SHARPLES

Solteirona idosa. Uma inválida. Rabugenta, sofrendo muita dor. Sua sobrinha, Freda Clay, tomava conta dela. Srta. Sharples morreu por causa de uma dose excessiva de morfina. Freda Clay admitiu ter errado na dose, dizendo que o sofrimento da tia era tão grande que não pôde mais agüentar e deu à tia morfina para aliviar a dor. A opinião da polícia é de que o ato foi deliberado, não um erro, mas consideraram as provas insuficientes para levar o caso adiante.

CASO C — EDWARD RIGGS

Trabalhador rural. Suspeitava de sua mulher com o inquilino, Ben Craig. Craig e a sra. Riggs encontrados mortos à bala. Tiros vieram da arma de Riggs. Riggs se entregou à polícia, disse que devia ter sido ele, mas que não se lembrava de nada. "Deu um branco na minha cabeça", disse. Riggs condenado à morte. Pena comutada para prisão perpétua.

CASO D — DEREK BRADLEY
Tinha um caso com uma garota. Sua mulher descobriu e o ameaçou de morte. Bradley morreu de uma dose de cianureto de potássio na cerveja. Sra. Bradley presa e julgada por assassinato. Confessou no interrogatório. Condenada e enforcada.

CASO E — MATTHEW LITCHFIELD
Velho tirano. Quatro filhas em casa, sem permissão para qualquer divertimento e sem dinheiro para gastar. Uma noite, voltando da rua, foi atacado em frente a sua casa e morto com uma pancada na cabeça. Mais tarde, depois da investigação da polícia, sua filha mais velha, Margaret, foi até a delegacia e confessou o assassinato do pai. Ela fez aquilo, segundo suas próprias palavras, para que as irmãs mais novas pudessem viver a vida enquanto havia tempo. Litchfield deixou uma imensa fortuna. Margareth Litchfield foi declarada louca e enviada a Broadmoor, mas morreu pouco depois.

Lia com toda atenção, mas com um sentimento crescente de espanto. Finalmente pus os papéis no colo e olhei inquisitivo para Poirot.

— Bem, *mon ami*?

— Ainda me lembro do caso Bradley — falei devagar. — Li sobre o assunto na época. Ela era uma mulher muito bonita.

Poirot concordou com a cabeça.

— Mas você tem de me esclarecer umas coisas. De que se trata tudo isso?

— Você me diga primeiro como isso se afigurou a seus olhos.

Estava bastante intrigado.

— O que você me mostrou foi o relato de cinco assassinatos. Ocorreram em lugares e em meios sociais diferentes. Sobretudo não há qualquer semelhança entre eles, pelo menos superficialmente. Quer dizer, um foi um caso de ciúme, outro uma esposa infeliz querendo acabar com o marido, em outro o motivo era dinheiro, outro, pode-se dizer, teve um motivo altruísta, já que o assassino não tentou escapar da punição, e o quinto foi francamente brutal, provavelmente cometido sob influência alcoólica. — Fiz uma pausa e disse com incerteza: — Há algo em comum entre eles que não peguei?

— Não, de maneira alguma, você foi muito preciso em seu relato. O único fator que você poderia ter mencionado, mas que não mencionou, foi que em nenhum dos casos houve qualquer tipo de *dúvida* real.

— Acho que não estou entendendo.

— A sra. Etherington, por exemplo, foi absolvida. Mas todo mundo, apesar disso, tinha certeza de que ela era culpada. Freda Clay não foi abertamente acusada, mas ninguém pensou em qualquer alternativa para solucionar o caso. Riggs afirmou não se lembrar de ter matado a mulher e o amante, mas ninguém perguntou se outra pessoa poderia tê-lo feito. Margaret Litchfield confessou. Em cada caso, você está notando, Hastings, há somente um suspeito considerado.

Franzi a testa.

— É verdade, mas não vejo que conclusões você tira daí.

— Ah, mas note bem, estou chegando a um fato que você ainda desconhece. Suponhamos, Hastings, que em cada caso desses houvesse um elemento estranho comum a todos.

— O que você quer dizer?

Poirot falou devagar:

— Pretendo ser bem cuidadoso no que vou dizer, Hastings. Deixe-me colocar a coisa deste modo. Existe uma certa pessoa, X. Em nenhum desses casos X (aparentemente) teve motivo para liquidar as vítimas. Num dos casos, tanto quanto fui capaz de descobrir, X estava efetivamente há uns duzentos quilômetros de distância quando o crime se deu. Não obstante, vou lhe dizer o seguinte: X era íntimo de Etherington, X morou por uns tempos na mesma aldeia que Riggs, X conhecia pessoalmente a sra. Bradley.

Tenho uma foto de Freda Clay e X passeando na rua, e X estava perto da casa quando o velho Matthew Litchfield morreu. Que você me diz disso?

Olhei para Poirot. Respondi devagar:

— É um pouco demais. Coincidência pode ser, em dois casos, até três, mas cinco é um pouco pesado. Por mais estranho que pareça, deve haver alguma ligação entre os assassinatos.

— Você supõe, então, o que eu supus?

— Que X é o assassino? Claro.

— Nesse caso, Hastings, você vai querer dar comigo um próximo passo. Deixe-me contar uma coisa. *X está nesta casa.*

— Aqui? Em Styles?

— Em Styles. E qual a conclusão lógica que se tira daí?

Sabia o que estava por vir quando insisti:

— Vamos, diga.

Hercule Poirot declarou solene:

— Um assassinato será cometido brevemente aqui, *aqui*.

Capítulo 3

Por uns instantes fiquei olhando para Poirot, boquiaberto, então reagi.

— Não, não será não — disse. — Você vai impedir isso.

Poirot me lançou um olhar afetuoso.

— Meu leal amigo. Como aprecio sua confiança em mim. *Tout de même*, não estou certo se ela se justifica nesse caso.

— Bobagem. Claro que você pode impedi-lo.

A voz de Poirot foi sombria ao responder:

— Pense um pouco, Hastings. Pode-se pegar um assassino, sim. Mas como se procede para evitar um assassinato?

— Bem, você... você... bem... quero dizer... se você sabe de antemão...

Fiz uma pausa ligeira porque de repente vi as dificuldades.

Poirot foi incisivo:

— Está vendo? Não é tão simples assim. Só existem na realidade três métodos. O primeiro é avisar a vítima. Pôr a vítima de sobreaviso. Isso nem sempre dá certo, pois é inacreditável a dificuldade de convencer algumas pessoas de que estão correndo grande perigo, possivelmente vindo de alguém próximo e querido a elas. Ficam indignadas e recusam-se a acreditar. O segundo caminho é avisar o assassino. Dizer numa linguagem levemente velada: "*Conheço suas intenções*, se fulano morrer, meu amigo, *você* fatalmente morrerá na forca." Esse dá mais certo que o primeiro, mas mesmo assim é comum falhar. Porque um assassino, meu amigo, é mais vaidoso do que qualquer outra criatura do mundo. Um assassino é sempre mais esperto do que qualquer um, ninguém jamais suspeitará dele (ou dela), a polícia ficará totalmente confusa etc. Portanto ele (ou ela) vai em frente, de qualquer maneira. Só o que se pode conseguir é o prazer de vê-lo enforcado. — Fez uma pausa e disse pensativo: — Duas vezes na minha vida avisei um assassino. Uma vez no Egito, outra num outro lugar. Nos dois casos, o criminoso estava mesmo determinado a matar... Pode acontecer o mesmo aqui.

— Você disse que há um terceiro método — lembrei a Poirot.

— Ah, é verdade. Para esse é preciso muita sagacidade. Você tem de adivinhar exatamente onde e como o golpe fatal vai ser dado, e tem de estar pronto para aparecer no momento psicológico exato. Você tem de pegar o assassino, senão em flagrante, pelo menos com indubitável intenção culposa... E isto, meu amigo — continuou Poirot —, posso lhe assegurar, é dificílimo e tem de ser feito com a maior sutileza, e nem por um momento eu garantiria que desse certo. Posso ser convencido, mas nunca a *esse ponto*.

— Que método você propõe que usemos aqui?

— Possivelmente todos os três. O primeiro é o mais difícil.

— Por quê? Pensei que seria o mais fácil.

— É, se você conhece a vítima potencial. Mas você não percebeu, Hastings, que não sei quem será a vítima?

— O quê?

A pergunta saiu sem eu nem notar. Então comecei a perceber as dificuldades da situação. Havia, devia haver, algum elo unindo todos aqueles crimes, mas não sabíamos qual era esse elo. Faltava o motivo, a pedra de toque fundamental. E sem saber o motivo, não poderíamos dizer quem estaria ameaçado.

Poirot concordou com a cabeça ao notar em meu rosto que vislumbrava as dificuldades da situação.

— Você vê, meu amigo, não é tão fácil assim.

— Não — respondi. — Estou vendo. Até agora você ainda não conseguiu achar nenhuma conexão entre esses diversos casos?

Poirot fez que não com a cabeça.

— Nada.

Voltei às minhas reflexões. Nos crimes ABC, tivemos de lidar com o que parecia uma sucessão alfabética de vítimas, embora fosse, na realidade, algo muito diferente.

Perguntei:

— Você tem certeza de que não existem quaisquer motivos financeiros, até meio esdrúxulos, como no caso de Evelyn Carlisle?

— Não. Você pode estar certo de uma coisa, meu caro Hastings, que vantagens financeiras são a primeira coisa que eu procuro.

Realmente isso era verdade. Poirot sempre foi completamente cínico quando se tratava de dinheiro.

Pensei mais uma vez na questão. Algum tipo de vingança? Isso estava mais de acordo com os fatos. Mas mesmo aí, parecia faltar alguma coisa. Lembrei-me de uma estória que li numa série sobre assassinatos sem motivo aparente: a chave era as vítimas terem sido membros de um júri, e os crimes foram cometidos pelo homem a quem condenaram. Poderia ser que algo semelhante tivesse acontecido nesse caso. Envergonho-me de dizer que guardei essa idéia para mim. Teria me sentido tão engrandecido se apresentasse a Poirot a solução. Em vez disso, perguntei:

— E agora me diga, quem é X?

Aborrecendo-me profundamente, Poirot sacudiu a cabeça, de forma decidida.

— Isso, meu amigo, não posso dizer.

— Bobagem. Por que não?

Os olhos de Poirot piscaram.

— Porque, *mon cher*, você ainda é o mesmo Hastings de sempre. Tem ainda aquela aparência denunciadora. Não quero, você entende, que você se sente na frente de X com a boca toda aberta, seu rosto estampando: "Isso... isso que estou olhando é um assassino."

— Você deve me dar o crédito de ter disfarçado bem quando necessário.

— Quando você tenta disfarçar, é pior ainda. Não, *mon ami*, temos de ser muito discretos, nós dois. Aí quando dermos o bote, nós o pegamos de jeito.

— Diabo de velho teimoso — exclamei. — Deveria te...

Cortei a frase porque houve uma batida na porta. Poirot gritou:

— Pode entrar! — E minha filha Judith entrou.

Eu queria muito saber descrever Judith, mas sempre fui fraco em descrições.

Judith é alta, anda de cabeça erguida, tem sobrancelhas espessas e retas e traços de rosto muito graciosos, mas severos em sua austeridade. Ela é solene e ligeiramente irônica, e para mim sempre pairou sobre sua cabeça uma sombra de tragédia.

Judith não veio me beijar, não faz esse gênero. Somente sorriu para mim e disse:

— Oi, papai.

Seu sorriso era tímido, meio sem graça, mas me fez sentir que, apesar de não demonstrar, gostava de me ver.

— Bem — disse eu, me sentindo ridículo como acontece sempre quando estou na presença de jovens —, cheguei.

— Muito espertinho, papai — respondeu Judith.

— Estava contando para ele como é a comida — disse Poirot.

— Ela é muito ruim? — perguntou Judith.

— Você não precisava me perguntar isso, meu anjo. Será por que você só pensa em tubos de ensaio e microscópios? Seu dedo médio, ele está manchado de azul metílico. Não será boa coisa para seu marido se você não se interessar pelo seu estômago.

— Eu diria que nunca vou ter um marido.

— Certamente que vai ter. Para que o *bon Dieu* criou você?

— Para muitas coisas, espero.

— *Le marriage*, acima de tudo.

— Muito bem — replicou Judith. — O senhor vai me achar um bom marido e eu vou tratar bem do estômago dele.

— Ela está zombando de mim — disse Poirot. — Algum dia ela vai compreender como os velhos são sábios.

Houve outra batida na porta e o dr. Franklin entrou. Era um homem alto, ruivo, ossudo, de uns 35 anos. Queixo firme, olhos bem azuis. Era o homem mais desajeitado que conheci na vida. Sempre esbarrando em algum lugar, meio ausente das coisas do mundo.

Chocou-se com a rede protetora da cadeira de Poirot, virou-se e automaticamente murmurou para ela:

— Desculpe.

Eu quis rir, mas notei que Judith permaneceu muito séria. Acredito que devia estar já acostumada com essas coisas.

— Você se lembra do meu pai? — perguntou Judith.

Dr. Franklin fez um movimento brusco, se encolheu nervoso, apertou os olhos, me olhou atentamente, então estendeu a mão, e falou todo desajeitado:

— Claro, claro, como vai o senhor? Soube que o senhor ia chegar — virou-se para Judith. — Vem cá, você acha que precisamos de uma mudança qualquer? Se não, poderíamos continuar um pouco depois do jantar. Se prepararmos mais algumas lâminas...

— Não — respondeu Judith. — Quero ficar conversando com meu pai.

— Mas claro. Que coisa — deu um sorriso de desculpas, bem infantil. — Desculpe, fico tão envolvido com as coisas. É imperdoável, me torno tão egoísta. Por favor, me perdoem.

O relógio bateu a hora e Franklin olhou-o ansioso.

— Meu Deus, já é tão tarde? Vou ter problemas. Prometi a Barbara ler para ela antes do jantar.

Deu-nos um sorriso e saiu depressa, batendo no portal ao passar.

— Como está a sra. Franklin?

— Na mesma ou um pouco pior, talvez — respondeu Judith.

— Uma pena ela ser assim tão doente.

— É horrível para um médico — disse Judith. — Médicos gostam de pessoas sadias.

— Como vocês jovens são insensíveis! — exclamei.

Judith respondeu friamente:

— Estava só constatando um fato.

— Mesmo assim — disse Poirot —, o bom doutor sai correndo a ler para ela.

— Bem idiota — disse Judith. — A enfermeira dela pode muito bem ler para ela, se ela faz questão mesmo disso. Pessoalmente, detestaria alguém lendo alto para mim.

— Bem, bem, gosto não se discute — eu disse.

— Ela é uma mulher muito chata — falou Judith.

— Espere aí, *mon enfant* — fez Poirot. — Não concordo com você.

— Ela só lê esses romances sem graça. Não se interessa nem um pouco pelo trabalho dele. Está sempre fora do mundo. Só fica falando da saúde para algum bobo que fique escutando.

— Ainda afirmo — continuou Poirot — que ela usa a massa cinzenta em coisas que você, minha filha, não tem o menor conhecimento.

— Ela faz um gênero bem feminino — disse Judith. — Cheia de issos e aquilos e de não-me-toques. Parece que o senhor gosta de mulheres assim, tio Hercule.

— Nem um pouco — respondi. — Ele gosta de mulheres bem grandes e vistosas e, de preferência, russas.

— Então é assim que você me entrega aos outros, não é Hastings? Seu pai, Judith, sempre teve uma queda por mulheres de cabelo castanho meio avermelhado. O que já lhe causou inúmeros problemas.

Judith sorriu para nós com indulgência e disse:

— Que dupla engraçada vocês fazem.

Ela saiu e me levantei.

— Tenho de arrumar minhas coisas, e quero tomar um banho antes do jantar.

Poirot apertou uma campainha ao alcance de sua mão, e pouco depois aparecia seu criado. Fiquei surpreso de encontrar um homem totalmente estranho.

— Ué! O que aconteceu com George?

George tinha sido camareiro de Poirot por muitos anos.

— George está com a família. Seu pai está muito doente. Espero que algum dia ele volte. Enquanto isso — sorriu para seu novo camareiro —, Curtiss toma conta de mim.

Curtiss sorriu de volta, respeitoso. Era um sujeito forte com uma cara de burro.

Notei, saindo do quarto, que Poirot trancava cuidadosamente sua pasta de documentos.

Com pensamentos agitados, atravessei o corredor em direção ao meu quarto.

Capítulo 4

À noite desci para jantar sentindo que a vida de repente se tornara irreal.

Por uma ou duas vezes, enquanto me vestia, pensei se Poirot não teria imaginado aquela história toda. Afinal meu querido amigo agora estava velho e bem mal de saúde. Ele podia afirmar que seu cérebro estava melhor do que nunca, mas estaria mesmo? Toda sua vida fora dedicada a desvendar crimes. Seria realmente uma surpresa se agora estivesse vendo crimes onde não existiam? Sua inatividade forçada deve tê-lo deixado bastante entediado. Não seria perfeitamente cabível que inventasse uma nova caçada? Acreditar naquilo que se deseja que aconteça, uma neurose bem razoável. Selecionou alguns acontecimentos publicamente conhecidos, e interpretou-os de uma forma ilusória — uma figura sombria por trás dos crimes, um doido matando às cegas. Com toda certeza, a sra. Etherington tinha matado o marido, o trabalhador dado um tiro na mulher, a jovem dado para a tia velha uma dose fatal de morfina, a esposa ciumenta eliminado o marido como ameaçara fazer, e uma solteirona maluca tinha de fato cometido o assassinato pelo qual entregou-se mais tarde. Na verdade esses crimes eram exatamente o que pareciam!

Contra esse raciocínio (certamente o mais sensato) só podia contrapor a minha crença arraigada na perspicácia de Poirot.

Poirot disse que um assassinato fora planejado. Styles, pela segunda vez, seria palco de um crime.

O tempo iria mostrar se essa afirmação era verdadeira ou falsa, mas se fosse verdadeira cabia a nós evitar o fato.

E Poirot sabia quem era o assassino, o que não era o meu caso.

Quanto mais pensava sobre o assunto, mais irritado ficava! Francamente, realmente, o que Poirot estava pensando da vida!?

Queria minha ajuda e ao mesmo tempo recusava-se a contar-me tudo!

Por quê? Havia a razão que ele me deu — claro que completamente sem cabimento! Estava cansado dessa história sobre minha "fisionomia reveladora". Podia guardar um segredo tão bem quanto qualquer pessoa. Poirot sempre persistiu nessa opinião humilhante sobre minha "transparência" e de que qualquer pessoa poderia ler o que se passava na minha mente. Ele, às vezes, tentava melhorar a situação dizendo que isso era por causa do meu caráter, bom e honesto, que abomina todo tipo de falsidade!

É claro, continuei pensando, que se a coisa toda não passa de uma quimera na cabeça de Poirot, sua reserva era facilmente explicada.

Não tinha chegado a qualquer conclusão quando o soar do gongo anunciou a hora do jantar, e desci descontraído, mas com os olhos alertas para detectar o fantástico X de Poirot.

Por ora, aceitaria tudo o que Poirot me contara como verdade absoluta. Havia, realmente, uma pessoa sob esse teto que já havia matado cinco vezes e estava pronto para matar de novo. *Quem seria essa pessoa*?

Na sala de espera, antes do jantar, fui apresentado à srta. Cole e ao major Allerton. A primeira era uma mulher bonita, alta, de seus 33, 34 anos. Com o major Allerton antipatizei de primeira. Era um homem elegante de seus quarenta e poucos anos, de ombros largos, rosto anguloso, com facilidade no falar, sendo que tudo o que dizia estava carregado de segundas intenções. Tinha bolsas sob os olhos devido à vida desregrada que levava. Suspeitei que ele vivesse em farras, jogando, bebendo, e que, sem dúvida, se tratava de um conquistador.

O velho coronel Luttrell, pelo que notei, também não gostava muito dele, e Boyd Carrington também era meio seco com ele. O sucesso de Allerton era com as mulheres do grupo. A sra. Luttrell vivia rindo para ele, enquanto ele a enchia de elogios, com uma impertinência indisfarçável. Também não gostei de ver Judith chegando muito para o seu lado, saindo de sua habitual frieza para conversar com ele. Por que os piores tipos de homem são os que mais agradam e interessam às mulheres mais simpáticas, é um problema acima do meu entendimento. Sabia instintivamente que Allerton era um canalha — e nove entre dez homens concordariam comigo. No entanto, nove entre dez mulheres ou talvez todas as dez, cairiam por ele, de chofre.

Ao sentarmos à mesa de jantar, pratos com um líquido branco meio grudento foram servidos. Meus olhos passearam pela mesa enquanto minha cabeça resumia os dados e as chances.

Se Poirot estivesse certo, com sua incomparável lucidez ainda viva, uma dessas pessoas era um perigoso assassino — e provavelmente um louco também.

Poirot efetivamente não afirmara isso, mas presumi que X certamente era um homem. Qual desses homens seria?

Na verdade não poderia ser o coronel Luttrell, com sua indecisão, e seu ar de fraco de espírito. Norton, o homem que encontrei correndo pela casa com um binóculo? Não tinha muito jeito de ser. Parecia um sujeito agradável, um pouco sem garra ou vitalidade. Claro, pensei cá comigo, muitos assassinos são homens pequenos, insignificantes, levados a se afirmarem por meio do crime exatamente por serem assim. Eles guardavam rancor de serem ignorados e deixados para trás. Norton poderia ser um assassino desse tipo. Mas havia seu gosto por passarinhos. Sempre acreditei que o amor à natureza era um sinal de sanidade no homem.

Boyd Carrington? Não havia a menor possibilidade. Um homem conhecido no mundo inteiro. Um excelente desportista, um administrador, um homem universalmente querido e respeitado. Franklin, também não considerei. Sabia quanto Judith o respeitava e admirava.

Agora o major Allerton. Demorei um pouco mais nele avaliando bem seu caráter. Estava para ver sujeitinho mais sórdido! O tipo de sujeito que venderia a própria mãe. E, por fora, apresenta uma máscara de charme. Estava falando agora, contando um caso de uma de suas confusões e fazendo todos rirem com um lamentável reconhecimento de suas aventuras, contadas como piada.

Se Allerton fosse X, já havia decidido, os crimes teriam sido cometidos em proveito próprio, de alguma maneira.

Era verdade que Poirot não havia definitivamente afirmado que X era um homem. Considerei a srta. Cole como uma possibilidade. Seus movimentos eram rápidos e descontínuos — obviamente uma mulher muito nervosa. Bonita, com um jeito meio desligado, como se enfeitiçada. Mesmo assim, não deixava de ser normal. Ela, a sra. Luttrell e Judith eram as únicas mulheres na mesa do jantar. A sra. Franklin estava jantando no quarto, e a enfermeira que cuidava dela fazia suas refeições depois de nós.

Depois do jantar, fiquei olhando o jardim debruçado na janela da sala de estar, pensando na vez que vi Cynthia Murdoch, uma jovem de cabelos castanhos, correndo pelo gramado. Como estava bonita naquele seu longo casaco branco...

Perdido nas lembranças do passado, dei um pulo quando Judith me pegou pelo braço e me puxou com ela para o terraço.

Ela me perguntou abruptamente:

— O que há?

Estava surpreso.

— O que há? O que quer dizer com isso?

— Você está esquisito esta noite. Por que ficou olhando todo mundo tão fixamente?

Fiquei aborrecido. Não imaginava que meus pensamentos fossem tão transparentes.

— Será mesmo? Acho que estava pensando no passado. Vendo fantasmas talvez.

— Ah, é claro, você já se hospedou aqui quando moço, não é? Uma velha foi assassinada aqui, ou alguma coisa no gênero.

— Envenenada com estricnina.

— Como ela era? Simpática ou muito chata?

— Era uma mulher muito bondosa — expliquei devagar. — Generosa. Fazia muitas doações para caridade.

— Ah, *esse* tipo de generosidade?

A voz de Judith tinha um tom irônico. Fez então uma pergunta muito curiosa:

— As pessoas, elas eram felizes aqui?

Não, não tinham sido felizes. Isso, pelo menos, eu sabia. Respondi devagar:

— Não.

— Por que não?

— Porque se sentiam como prisioneiros. A sra. Inglethorp, sabe, cuidava de dinheiro e dava tudo como donativo. Seus filhos adotivos não podiam ter uma vida própria.

Ouvi Judith respirar mais forte. A mão apertando mais o meu braço.

— Que maldade... que maldade! Um abuso de poder. Isso não devia ser permitido. Velhos ou doentes não deveriam reprimir as vidas dos jovens e sadios. Mantê-los presos, se queixando, gastando suas energias em vão... *isso é tão necessário assim*? É só muito egoísmo.

— Os velhos — disse secamente — não têm o monopólio dessa condição.

— Eu sei, papai, que você considera todos os jovens egoístas. Talvez nós sejamos, mas é um egoísmo *limpo*. Pelo menos só queremos fazer o que nós próprios queremos, não obrigamos ninguém a fazer como nós, não queremos fazer das outras pessoas escravos.

— Não, vocês simplesmente acabam com eles se porventura estiverem entre vocês e seus objetivos.

Judith apertou meu braço.

— Não seja tão amargo. Eu não esmago tanta gente assim, e você nunca quis dizer para qualquer um de nós o que deveríamos ou não deveríamos fazer. Somos muito agradecidos a você por isso.

— Mas — respondi com honestidade — eu certamente gostaria de ter dito. Foi sua mãe que insistiu para que vocês dessem suas próprias cabeçadas.

Judith apertou meu braço novamente, só que dessa vez mais de leve.

— Eu sei. Você queria ficar nos superprotegendo como uma galinha! Detesto superproteção. Jamais agüentaria qualquer tipo de proteção desse gênero. Mas você concorda comigo, não? Sobre vidas significativas serem sacrificadas por causa de vidas inexpressivas?

— Às vezes acontece — admiti. — Mas não há necessidade de medidas drásticas... Está nas mãos da pessoa a decisão de simplesmente ir embora, não está?

— É, mas está mesmo? Está *mesmo*?

Era tão veemente que tive de olhar para ela, surpreso. O escuro não me deixava distinguir bem seus traços. Ela continuou, sua voz baixa, emocionada:

— Há tanta coisa, é tão difícil, considerações financeiras, responsabilidade, medo de ferir alguém de quem você gosta, todas essas coisas, algumas pessoas são tão inescrupulosas, sabem direitinho como jogar com esses sentimentos. Tem certas pessoas que são como *sanguessugas*!

— Mas, Judith! — exclamei, estupefato com o tom positivamente furioso de sua voz.

Ela notou que tinha ido muito longe, porque riu, e soltou seu braço do meu.

— Estava parecendo muito veemente? Esse é um assunto que me toca bastante. Conheci um caso, sabe... Um velho ranzinza e repressor. E quando uma pessoa teve a coragem suficiente de... de cortar as amarras e deixar as pessoas que ela amava livres do velho, foi considerada louca. Louca, por quê? Foi a coisa mais certa que uma pessoa poderia ter feito, e a mais corajosa.

Senti algo me inquietando. Onde, não muito tempo atrás, eu ouvira um caso parecido?

— Judith — perguntei rapidamente. — De que caso você está falando?

— Ninguém que você conheça. Uns amigos dos Franklin. Um velho chamado Litchfield. Ele era bastante rico e quase matava suas filhas de fome... nunca as deixava ver ou sair com alguém. Era um louco, mas não que pudesse ser considerado clinicamente louco.

— E a filha mais velha o assassinou.

— Ah, então você leu sobre esse caso? É, pode ser considerado como assassinato, se bem que não foi para benefício próprio. Margaret Litchfield foi direto à polícia e se entregou. Acho que ela foi muito corajosa. Eu não teria essa coragem.

— A coragem de se entregar à polícia ou a coragem de cometer um assassinato?

— As duas.

— Ainda bem — falei num tom severo —, não gosto de ouvir você falando em assassinatos justificáveis em certos casos. — Fiz uma pausa e acrescentei:

— O que o dr. Franklin achou de tudo isso?

— Achou que o velho recebeu o que merecia — disse Judith. — Papai, certas pessoas simplesmente pedem para ser assassinadas.

— Não admito que você fique falando uma coisa dessas, Judith. Quem anda colocando essas idéias na sua cabeça?

— Ninguém.

— Pois isso tudo não passa de bobagens perniciosas.

— Está bem. Não vamos discutir mais — fez uma pausa. — Vim aqui para lhe dar um recado da sra. Franklin. Ela gostaria de rever você, se não se importasse de subir até o quarto dela.

— De maneira alguma. Ficaria encantado em revê-la. É uma pena que ela estivesse se sentindo mal e não pudesse descer para o jantar.

— Ela está perfeitamente bem — Judith falou, sem um pingo de emoção. — Ela gosta é de fazer confusão.

Os jovens não têm nenhuma compaixão.

Capítulo 5

Eu só havia encontrado a sra. Franklin uma vez. Era uma mulher de seus trinta anos, que eu diria ser como uma madona. Grandes olhos castanhos, cabelo repartido ao meio e uma face comprida e suave. Era bem esbelta e sua pele tinha uma fragilidade transparente.

Estava deitada na cama, apoiada em inúmeros travesseiros, e usando um lindo *négligé* azul-claro e branco.

Franklin e Boyd Carrington estavam lá tomando café. A sra. Franklin me recebeu com um sorriso e a mão esticada para o cumprimento.

— Que bom que o senhor veio, capitão Hastings. Vai ser tão bom para sua filha Judith. Essa menina tem trabalhado demais mesmo.

— Parece que ela vai indo bem — falei, tomando sua mão frágil sobre a minha.

Barbara Franklin suspirou.

— Ela tem sorte, como eu a invejo. Acho que ela não sabe realmente o que é não ter uma saúde boa. O que acha, enfermeira? Ah, deixe-me apresentá-lo. Essa é a enfermeira Craven, tão maravilhosa comigo. Não sei o que faria sem ela. Ela me trata como se eu fosse um bebê!

A enfermeira Craven era uma jovem alta, bonita com um rosto muito saudável e um lindo cabelo castanho. Suas mãos longas e pálidas eram bem diferentes das mãos da maioria das enfermeiras, como pude notar.

Parecia ser uma pessoa meio taciturna, e algumas vezes não respondia. Como era o caso dessa vez; simplesmente inclinou a cabeça.

— Mas, realmente — continuou a sra. Franklin —, John tem obrigado a pobrezinha da sua filha a trabalhar demais. Ele é um tirano. Você não é um tirano, John?

O marido estava debruçado na janela. Assobiava e brincava com umas moedas no bolso. Teve um pequeno sobressalto com a pergunta da esposa.

— O que foi, Barbara?

— Estava dizendo que você faz a pobrezinha da Judith trabalhar demais. Agora com o capitão Hastings aqui, ele e eu vamos nos unir e não vamos mais permitir isso.

O dr. Franklin não era muito de brincadeiras. Seu rosto tomou um ar de preocupação e virou-se para Judith, inquiridor. Resmungou:

— Você me avise se eu exagerar um pouco com você.

Judith respondeu em cima:

— Eles só estão fazendo graça. Falando do trabalho, eu queria perguntar se aquela mancha na segunda lâmina, você sabe, aquela da...

Franklin se dirigiu a ela ansioso e a interrompeu.

— Sei, sei. E, se você não se importa, até que gostaria de dar um pulo no laboratório, para ter certeza se...

Sem parar de falar, os dois saíram do quarto juntos.

Barbara Franklin se recostou nos travesseiros. Suspirou. A enfermeira Craven falou subitamente com ar de poucos amigos.

— Na minha opinião quem é a tirana é a srta. Hastings.

Mais uma vez a sra. Franklin suspirou. Falou num tom de voz bem baixo:

— Eu me sinto tão *sobrando*. Sei que deveria dar um pouco mais de atenção ao trabalho de John, mas simplesmente não consigo. Pode ser até que haja alguma coisa de errado comigo, mas...

Foi interrompida por Boyd Carrington que estava de pé próximo à lareira.

— Bobagem, Babs. *Você* está perfeita. Deixe de se preocupar.

— Mas, Bill querido, *me preocupo*. Eu me sinto tão sem forças para reagir a isso. Tudo me parece tão... não consigo deixar de sentir isso... *repelente*. Os porquinhos-da-índia e os ratos, e todo o resto. Ugh! — tremeu toda. — Sei que parece idiota, mas sou tão boba. Tenho o maior nojo dessas coisas. Só gosto de pensar em coisas bonitas, felizes, passarinhos, flores e crianças brincando. *Você* sabe como é, Bill.

Ele veio e tomou a mão que ela ansiosamente lhe estendia. Seu rosto, ao olhar para ela, era diferente, tão delicado, tão gentil como o de uma mulher. Impressionava bastante a mudança, pois Boyd Carrington era essencialmente do tipo másculo.

— Você não mudou nada desde que tinha 17 anos, Babs. Você se lembra daquele seu jardim com as fontes para os passarinhos e as palmeiras?

Então se dirigiu a mim.

— Barbara e eu somos velhos companheiros de brincadeiras.

— Companheiros o quê! — ela protestou.

— Não, não estou negando que você seja 15 anos mais moça que eu. Mas brincava com você pequenininha quando era rapaz. Levei muito você nas costas, minha querida. E então mais tarde vim do exterior e te encontrei uma linda moça... quase pronta para fazer sua entrada no mundo... e tive minha participação na sua educação levando você aos clubes de golfe e ensinando você a jogar. Você se lembra?

— Ah, Bill, como poderia esquecer?

— Minha família morava por essas bandas — ela me explicou. — E Bill vinha ficar com seu tio, o velho Sir Everard, em Knatton.

— E que mausoléu era aquilo lá, e ainda é — disse Boyd Carrington. — Às vezes, fico desesperado tentando dar àquele lugar um ar mais humano.

— Oh, Bill, podia ficar maravilhoso, simplesmente maravilhoso.

— Eu sei, Babs, mas o problema é que não tenho muitas idéias. Banheiros e umas cadeiras realmente confortáveis, é tudo que consigo imaginar. Só uma mulher pode realmente ajeitar aquela casa.

— Já lhe disse que posso ir lá e te ajudar. Estou falando sério.

Sir William olhou para a enfermeira Craven com um ar de dúvida.

— Se você estiver bem, posso te levar até lá. O que você acha, enfermeira?

— Claro, Sir William. Acho que seria muito bom para a sra. Franklin. Naturalmente se tomasse cuidado para não se cansar demais.

— Então está combinado — disse Boyd Carrington. — E agora durma bem. Descanse para o passeio de amanhã.

Nós dois nos despedimos da sra. Franklin e saímos do quarto juntos. Enquanto descíamos as escadas, Boyd Carrington falou:

— Você não faz idéia da mulher maravilhosa que ela era quando tinha 17 anos. Tinha voltado de Bornéu, minha mulher morreu lá, não sei se você sabia. Não é preciso dizer que caí completamente por ela. Ela se casou com Franklin uns três ou quatro anos depois. Não pense que tem sido um casamento feliz. Para mim a causa da sua saúde tão debilitada é o casamento. Ele não a compreende nem gosta dela. E ela é muito sensível. Tenho a impressão de que parte dessa sua fragilidade é de fundo nervoso. Levá-la para passear, esquecer dos problemas, diverti-la, faz com que pareça outra pessoa. Mas aquele maldito carniceiro só se interessa por tubos de ensaio, culturas e nativos da África Ocidental!

Ele estava furioso.

Pensei sobre o que me falou, e talvez ele tivesse um pouco de razão. Mas fiquei surpreso pelo fato de Boyd Carrington ter uma queda pela sra. Franklin que, afinal de contas, era uma pessoa adoentada, embora bonita, fazendo o tipo frágil, caixa de porcelana. Ele, Boyd Carrington, era tão cheio de força e energia que eu podia pensar, como de fato pensava, que não teria muita paciência com esse tipo neurótico de doença. No entanto, Barbara Franklin deve ter sido uma boneca, e para homens idealistas, como eu julgava que Boyd Carrington fosse, primeiras impressões demoravam muito tempo para serem esquecidas.

Lá embaixo a sra. Luttrell nos abordou sugerindo uma rápida partida de bridge. Eu me desculpei dizendo que tinha de ficar com Poirot.

Encontrei meu amigo na cama. Curtiss andava pelo quarto arrumando umas coisas, mas logo saiu, fechando a porta.

— Que diabo, Poirot, você e sua mania de guardar seus ases na manga. Passei a noite inteira tentando descobrir quem é X.

— Isso deve tê-lo feito ficar um pouco *distrait* — observou meu amigo. — Ninguém comentou que você estava meio esquisito, desligado?

Fiquei um pouco sem graça, ao lembrar das perguntas de Judith. Poirot deve ter notado meu desapontamento. Notei um sorrisinho irônico no seu rosto. Mas ele fez, simplesmente, uma pergunta:

— E a que conclusão você chegou?

— Você me contaria se eu acertasse?

— Certamente que não.

Olhei bem nos seus olhos.

— Estava pensando em Norton...

O rosto de Poirot permaneceu inalterado.

— Não que eu tenha qualquer indício. Ele só me pareceu o menos improvável de todos. E ele, bem, ele é imperceptível, ninguém nota. Imagino que o assassino que nós procuramos deve ser assim imperceptível.

— Isso é verdade. Mas há mais de uma maneira de ser imperceptível.

— O que quer dizer com isso?

— Suponhamos, um caso hipotético, que um estranho de aspecto sinistro chegasse num lugar umas semanas antes do assassinato, sem razão nenhuma, certamente será notado. Seria melhor, não seria, se o estranho fosse uma figura apagada, interessado apenas numa atividade inócua, como pescar, por exemplo.

— Ou ficar observando pássaros — concordei. — Mas era a isso mesmo que eu me referia.

— Mas, por outro lado, poderia ser ainda melhor se o assassino fosse uma personalidade forte, bastante conhecido, isto é, poderia ser o açougueiro. Isso ainda teria a vantagem de ninguém notar marcas de sangue na roupa de um açougueiro!

— Você está sendo ridículo. Qualquer um saberia se o açougueiro brigasse com o padeiro.

— Não se o açougueiro tivesse se tornado um açougueiro *simplesmente para ter a oportunidade de assassinar o padeiro.* Devemos sempre ter um pé atrás, meu amigo.

Olhei para Poirot com atenção, tentando ver se havia alguma pista naquelas suas palavras. Se elas quisessem dizer alguma coisa determinada, certamente essa coisa seria uma acusação ao coronel Luttrell. Será que ele, deliberadamente, abrira a pousada para ter a oportunidade de matar um de seus hóspedes?

Poirot meneou a cabeça muito delicadamente:

— Não é em meu rosto que você vai descobrir alguma coisa.

— Você realmente leva a pessoa à loucura, Poirot — disse suspirando. — De qualquer forma, Norton não é meu único suspeito. O que você acha desse Allerton?

Poirot, com o rosto ainda impassível, perguntou:

— Você não gosta dele?

— Não, não gosto.

— Ah, o que vocês chamam de "a parte estragada da mercadoria", não é?

— Exatamente. Você não concorda?

— Certamente. Ele é um homem — Poirot falou bem devagar — que faz muito sucesso com as mulheres.

Fiz uma exclamação de desprezo.

— Como as mulheres podem ser tão tolas! O que elas vêem num sujeito como ele?

— Quem pode saber? Mas é sempre assim. O *mauvais sujet*, sempre as mulheres se encantam por ele.

— Mas por quê?

Poirot deu de ombros.

— Elas vêem alguma coisa, talvez, que nós não vemos.

— Mas o quê?

— Perigo, possivelmente... Todos, meu amigo, precisam de uma pitada de perigo em suas vidas. Alguns conseguem isso por meio de outros, como nas touradas. Outros lêem sobre o perigo. Outros vão procurá-lo no cinema. Mas de uma coisa estou certo, muita segurança é incompatível com a natureza humana. Os homens encontram o perigo de diversas maneiras, as mulheres estão reduzidas a encontrar o perigo principalmente em casos de amor. Por isso, talvez, é que gostem das alusões ao tigre, as garras escondidas, o pulo incerto e ferroz. O sujeito excelente, que daria um excelente marido, dedicado e carinhoso, esses elas deixam de lado.

Pensei sobre isso uns bons minutos, meio acabrunhado. Mas logo depois voltei ao tema inicial de nossa conversa.

— Sabe, Poirot, vai ser bem fácil eu descobrir quem é X. Tenho só que pesquisar quem conhecia todas aquelas pessoas. Quero dizer, quem se dava com as pessoas de seus cinco casos.

Soltei essa última frase, triunfante. Mas Poirot simplesmente me olhou com um ar de escárnio.

— Não pedi sua presença aqui, Hastings, para ficar olhando você todo desajeitado, seguindo com dificuldade os passos que eu próprio já dei. E vou lhe dizer uma coisa: não é tão fácil quanto você pensa. Quatro daqueles casos aconteceram nessa mesma região. As pessoas reunidas debaixo desse teto não são um bando de estranhos que chegaram aqui cada um por si, sem qualquer relação com o outro. Esse não é um hotel no sentido usual da palavra. Os Luttrell são dessa região, estavam bem ruins de vida e compraram essa casa e começaram o negócio da hospedaria sem muito conhecimento e arriscando bastante. As pessoas que estão aqui são seus amigos, ou amigos recomendados por seus amigos.

Sir William persuadiu os Franklin a virem. Eles, por sua vez, sugeriram a Norton que viesse também. A srta. Cole, acredito que também veio por sugestão deles, e assim vai. O que quer dizer que há uma chance muito boa de uma determinada pessoa conhecida por um desses hóspedes ser conhecida por todos os outros. Também pode ser que X trabalhe melhor onde os fatos são melhor conhecidos. Como no caso do camponês Riggs, por exemplo. A cidadezinha onde se deu o crime não fica longe da casa do tio de Boyd Carrington. A família da sra. Franklin também morava por perto. O hotel da cidade é muito freqüentado por turistas. Alguns dos amigos da família da sra. Franklin ficavam hospedados lá. O próprio Franklin já se hospedou lá. Norton e a srta. Cole podem ter se hospedado lá e provavelmente já o fizeram. Não, não, *mon ami*. Eu lhe rogo que não faça essa tentativa desastrosa de descobrir um segredo que não quero contar para você.

— Mas é tão absurdo, Poirot! É como se eu fosse contar para todo mundo. Estou lhe dizendo, Poirot, estou cansado dessas piadas sobre minha fisionomia ser um livro aberto. Não é nada engraçado.

Poirot falou, tranqüilo:

— Você tem certeza de que é só por causa disso? Você não percebe, meu amigo, que o conhecimento de tal fato pode ser perigoso? Você não está notando que estou preocupado com sua segurança?

Olhei para ele boquiaberto. Até aquele momento não havia considerado aquele lado da questão. Mas não havia dúvidas de que realmente podia ser perigoso. Se um assassino esperto, cheio de truques, que já conseguira escapar da punição de cinco crimes, pensando não ter qualquer suspeita sobre ele, descobrisse existir alguém atrás dele, aí sim, haveria grande perigo para aqueles que o perseguiam.

Falei categórico:

— Mas então você, você mesmo, está correndo perigo, Poirot?

Poirot, como pôde devido a seu estado, fez um gesto do mais absoluto desdém.

— Já estou acostumado; sei como me proteger. E também, não tenho aqui comigo meu fiel escudeiro? Meu leal e formidável Hastings!

Capítulo 6

Poirot tinha de dormir bem cedo, por isso saí logo do quarto. Fui para o andar de baixo, parando no caminho para trocar umas palavras com Curtiss, o camareiro de Poirot.

Achei-o meio parvo, um pouco devagar para entender as coisas, mas, de qualquer forma, competente e digno de confiança. Estava com Poirot desde que ele voltou da viagem ao Egito. A saúde de seu patrão, me contara, estava razoável, mas, por vezes, tinha uns ataques cardíacos preocupantes, e, ultimamente, seu coração estava bastante enfraquecido. Era um caso de máquina quebrando aos poucos.

Mas, afinal, tivera uma vida excelente. Mesmo assim, me doía o coração ver meu velho amigo lutando, galhardamente, contra cada passo da inevitável descida. Mesmo agora, apesar de fraco e entrevado, seu espírito indomável ainda o levava a exercer o ofício que conhecia tão bem.

Desci as escadas me sentindo muito triste. Não podia imaginar a vida sem Poirot...

Uma partida de bridge acabara de ser jogada na sala, e fui convidado a participar de outra. Talvez pudesse me distrair um pouco. Aceitei. Boyd Carrington era o que ia sair, e me sentei com Norton, o coronel e a sra. Luttrell.

— E agora, sr. Norton — disse a sra. Luttrell —, vamos enfrentar os outros dois? Nossa parceria tem dado certo.

Norton sorriu amável, mas falou baixinho que talvez devessem mudar a parceria.

A sra. Luttrell concordou, mas vi pelo seu rosto que não tinha gostado muito.

Norton e eu jogamos juntos contra os Luttrell. Notei que a sra. Luttrell, realmente, não estava gostando nada de jogar com o marido. Mordia os lábios, e seu charme e o sotaque irlandês logo desapareceram completamente.

Logo descobri por quê. Depois jogaria muito mais vezes com o coronel Luttrell, e perceberia que ele não era mau jogador. Jogava razoavelmente, pode-se dizer, mas era muito esquecido. Volta e meia cometia um erro por causa desse seu esquecimento. Mas jogando de parceria com a mulher fazia erro atrás de erro, errava sem parar. Estava claramente nervoso por jogar com ela, o que o levava a jogar três vezes pior que o normal. A sra. Luttrell jogava muito bem, mas era muito desagradável no jogo. Aproveitava qualquer oportunidade para tirar vantagem na partida; ignorava as regras se o oponente não as conhecia bem, mas fazia com que fossem cumpridas quando eram para o seu próprio benefício. Também era muito chegada a olhadelas rápidas nas cartas dos outros. Em outras palavras, jogava para ganhar.

E entendi logo, logo, o que Poirot quis dizer com “língua de cobra”. Com as cartas na mão, seu controle era quase nenhum, e a língua chicoteava cada vez que o coitado do marido errava. Estava muito desagradável para Norton e para mim, e dei graças aos céus quando o jogo terminou.

Nós dois pedimos licença, recusamos outra partida devido ao adiantado da hora.

Ao nos afastarmos, Norton comentou logo, em meias palavras, o que tinha achado do jogo:

— Puxa, Hastings, que coisa horrível! Fico transtornado com o jeito daquela mulher tratar o marido. E o coitado agüenta tudo calado! Coitado mesmo! Não tem muito do coronel inglês que serve na Índia, de resposta sempre na ponta da língua, que ele deve ter sido.

— Ssh! — fiz Norton notar que sua voz estava um pouco alta demais e o coitado do coronel Luttrell poderia ouvir.

— Não dá para ouvir, mas é uma pena que ele não ouça mesmo.

Falei sentindo cada palavra:

— Compreenderia perfeitamente se ele acabasse com a raça dela.

Norton concordou.

— Mas ele nunca vai fazer isso. Já está perdido. Vai continuar no "sim, querida; não, querida; desculpe, querida", mexendo no bigode e se lamuriando até que o enfiem num caixão. Ele não conseguiria mais se afirmar nem que quisesse.

Concordei com a cabeça, meio desanimado, porque Norton tinha toda razão. Ao darmos uma paradinha no *hall* notei que a porta lateral, que dava para o jardim, estava aberta.

— Será que devemos fechá-la? — perguntei.

Norton hesitou um pouco antes de falar:

— Bem, não sei, acho que nem todos se recolheram ainda.

Uma suspeita passou pela minha mente.

— Quem está lá fora?

— Sua filha, eu acho... e... uh... Allerton.

Tentou dar um tom bem casual à voz, mas essa informação, junto com a conversa que acabara de ter com Poirot, me fez ficar bem apreensivo.

Judith... e Allerton. Será que minha Judith, esperta, ponderada, não cairia na conversa de um homem como Allerton? Será que veria suas verdadeiras intenções?

Me fiz várias vezes essas perguntas. O sentimento de apreensão não passava. Não conseguia dormir, virava de um lado para o outro.

Como é comum acontecer com as preocupações durante a noite, as minhas tomaram uma feição exagerada. Um sentimento forte de desespero e perda tomou conta de mim. Se minha querida mulher pelo menos ainda estivesse viva. Ela, em cujo julgamento cegamente confiei durante anos, sempre tinha sido boa e compreensiva com as crianças.

Sem ela me senti insuportavelmente só. A responsabilidade pela segurança delas era toda minha agora. Seria capaz de assumir essa grande responsabilidade? Não era, Deus me livre, um homem esperto. Errava — cometia mil erros. Não queria que Judith perdesse suas chances de ser feliz, não queria que ela sofresse...

Desesperado, acendi a luz e me levantei da cama.

Não adiantava ficar assim. Tinha de dormir um pouco. Saí da cama e fui até o banheiro. Fiquei olhando para um vidro de aspirina, sem resolver se tomava ou não.

Não, precisava de algo mais forte que aspirina. Calculei que Poirot devia ter uma dessas pílulas de dormir. Atravessei o corredor e parei na porta sem saber se entrava ou não. Uma pena acordá-lo a essa hora da noite.

Ao ficar ali parado, ouvi passos e olhei. Era Allerton vindo na minha direção. O corredor era pouco iluminado, e até ele chegar bem perto não pude distinguir bem o rosto. Por um momento não pude imaginar quem poderia ser. Quando percebi, fiquei ultratenso. Aquele sujeito estava com um sorriso nos lábios, um sorriso que me irritou profundamente.

Olhou para mim, levantou as sobrancelhas.

— Boa-noite, Hastings, ainda perambulando por aí?

— É, não estou conseguindo dormir.

— Mas é só isso? Já vou dar um jeito. Vem aqui comigo.

Segui Allerton até seu quarto, vizinho ao meu. Uma fascinação estranha me fez observar esse homem o mais rigorosamente possível.

— Você também é de ficar acordado até tarde — comentei.

— Nunca fui de dormir muito cedo. Não quando ainda se tem muito que fazer de pé. Essas noites maravilhosas não foram feitas para serem passadas em brancas nuvens.

Ele riu — e não gostei nada daquele riso.

Fui com ele até o banheiro. Abriu um armariozinho e tirou um vidro de remédios.

— Pronto. Esses são fortes mesmo. Você vai dormir como um anjo, e sonhar com eles também. Um remédio ótimo o Slumberyl.

O entusiasmo na sua voz me chocou um pouco. Além de tudo, ainda tomava drogas? Perguntei hesitante:

— Isso não é perigoso?

— É, se você tomar muitas pílulas. É um barbitúrico cujo efeito tóxico é muito grande. — Sorriu e os cantos da boca se levantaram de um jeito bem antipático.

— Não sabia que se pode conseguir isso sem receita médica.

— E não se pode, meu amigo. Ou, pelo menos, *você* não pode. Conheço pessoas que me conseguem o quanto eu quiser.

Foi meio idiota perguntar uma coisa dessas, mas de vez em quando tenho desses impulsos:

— Você conhecia Etherington, não conhecia?

Percebi logo que tocara em algum ponto fraco. Seus olhos ficaram atentos e severos. Ele respondeu com a voz bem mudada, fraca e artificial:

— É, conheci sim. Pobre sujeito. — E como eu não dissesse nada, continuou: — Etherington tomava drogas, eu sei, mas exagerou. A pessoa deve saber parar. Ele não soube. Deu no que deu. Aquela mulher dele é que teve sorte. Se o júri não tivesse ficado chocado com a história dela, teria sido enforcada.

Então ele me deu umas pílulas, e perguntou se eu conhecia bem Etherington.

Respondi com a verdade:

— Não.

Ele parecia não saber como continuar. Mas terminou a conversa com um risinho cínico.

— Sujeito esquisito aquele. Não era bem um caráter imaculado, mas era um bom companheiro.

Agradeci as pílulas e voltei para o quarto.

Fiquei pensando, ao me deitar, se tinha feito alguma tolice.

Porque me pareceu que Allerton era X. Tinha certeza quase absoluta. E deixei ele notar que eu já desconfiava de tudo.

Capítulo 7

I

A narrativa dos dias que passei em Styles tem de ser, forçosamente, meio desconexa. Minhas reminiscências de lá me aparecem sempre em forma de conversas esparsas — de frases e palavras sugestivas gravadas na minha consciência.

Antes de tudo e desde o começo, veio a percepção da doença e do desamparo de Poirot. Acreditei realmente, como ele disse, que seu cérebro ainda funcionava com toda a capacidade e sutileza de antes, mas sua parte física estava tão desgastada que logo percebi que minha participação iria ser bem mais ativa que de costume. Eu teria de ser, do jeito que as coisas andavam, os olhos e os ouvidos de Poirot.

É verdade que Curtiss, todo dia de sol, levava o patrão cuidadosamente para o andar de baixo, onde a cadeira de rodas já havia sido previamente colocada para o passeio. Curtiss então levava Poirot até o jardim para um lugar sem correntes de ar. Quando o tempo não estava bom, ele ficava na sala de estar.

Onde quer que estivesse, alguém sempre ia sentar-se perto dele para conversar um pouco, o que não era a mesma coisa do que quando estava bem e escolhia seus próprios companheiros para um bate-papo.

No dia seguinte à minha chegada, fui levado por Franklin a um antigo estúdio no jardim, preparado com todos os requisitos necessários para suas pesquisas.

Quero deixar bem claro, aqui e agora, que não tenho, em absoluto, espírito científico. Ao falar do trabalho do dr. Franklin provavelmente usarei palavras erradas e provocarei comentários irônicos das pessoas entendidas no assunto.

Do que pude entender, meramente como leigo, as pesquisas do dr. Franklin estavam estreitamente relacionadas com vários alcalóides derivados da fava-de-calabar, *Physostigma venenosum*. Só entendi melhor o assunto depois de acompanhar uma conversa entre Franklin e Poirot. Judith tentou me explicar, mas, como todo jovem aplicado ao trabalho, foi demasiadamente técnica. Ela se referiu, muito entendida, aos alcalóides fisostigmina, eserina, fisoveína e geneserina, e depois a uma substância com um nome interminável prostigmina ou éster 2-metil-3-hidroxifenil etc. etc. etc.; e muitas outras mais que aparentemente eram a mesma coisa, só que obtidas de forma diferente! De qualquer forma, para mim aquilo era grego, e quando perguntei a Judith o que é que a humanidade ganharia com tudo isso, ela ficou com um ar de inconfundível desprezo. Não há pergunta que mais aborreça um verdadeiro cientista do que essa. Judith me lançou um olhar irônico e me jogou outra conversa comprida sobre alcalóides. A conclusão dessa conversa, pelo que pude entender, era que umas tribos pouco conhecidas da África Ocidental mostraram uma imunidade espantosa a uma doença, igualmente pouco conhecida, embora bastante fatal, chamada, se não me engano, jordanite — um certo dr. Jordan foi o primeiro a detectá-la. Era uma doença tropical, extremamente rara, que, em duas ou três ocasiões, foi contraída por gente branca, com resultados fatais.

Eu me arrisquei a aumentar ainda mais a raiva de Judith, dizendo que seria muito mais lógico e sensato descobrir algum remédio que pudesse evitar os efeitos secundários do sarampo!

Com pena de mim, e com bastante ironia, Judith me explicou detalhadamente que a única meta para qualquer iniciativa digna de registro não era o bem-estar da humanidade, e sim uma ampliação do conhecimento humano.

Olhei umas lâminas no microscópio, estudei algumas fotografias de nativos da África Ocidental (bem interessantes!), dei uma olhada num rato imunizado dentro de uma gaiola e saí logo para respirar um pouco de ar puro.

Como dizia, qualquer interesse que eu pudesse ter pelo assunto foi provocado pela conversa de Poirot com Franklin.

Este falou:

— Sabe, Poirot, esse negócio é mais para o seu campo que para o meu. É um grão justiceiro, pode-se dizer assim. Pode provar a inocência ou a culpa de alguém. Essas tribos da África acreditam piamente nele, ou acreditavam, agora estão ficando muito sofisticadas. Eles mascam o grão solenemente, acreditando mesmo que se forem culpados, morrerão, e se inocentes, não sentirão nada.

— Mas eles morrem mesmo?

— Não, nem todos. Até hoje isso não recebeu a devida atenção. Tem muita coisa por trás desse negócio... uma fraude do feiticeiro, me parece. Há dois tipos de grão, só que são tão parecidos que é dificílimo notar a diferença. Mas há uma diferença. Todos os dois contêm fisostigmina e geneserina, e outros tais, mas na segunda espécie podem ser isolados, isto é, acho que eu posso isolar; há ainda um outro alcalóide, e a ação desse alcalóide anula o efeito dos outros. E mais: esse segundo tipo é comido regularmente por um grupo fechado de pessoas, num ritual secreto, e essas pessoas nunca pegaram jordanite. A terceira substância tem um fabuloso efeito sobre os músculos, sem efeitos colaterais. É interessante como o diabo! Mas infelizmente esse alcalóide é muito instável. Mesmo assim estou conseguindo bons resultados. Mas é preciso muita pesquisa *in loco*. É um trabalho que tem de ser feito! Tem, *mesmo*... Venderia a alma para... — interrompeu a frase no meio. Um sorriso voltou a seus lábios. — Desculpe o *show*. Eu fico entusiasmado quando toco nesse assunto!

— Como você disse — comentou Poirot —, minha profissão seria extremamente facilitada se eu pudesse testar se a pessoa é culpada ou inocente tão facilmente. Ah, se houvesse uma substância que pudesse fazer as maravilhas que dizem da fava-de-calabar.

Franklin respondeu:

— Ah, mas seus problemas não terminariam aí. Afinal, o que é culpa ou inocência?

— Certamente que não há qualquer dúvida quanto a *isso* — afirmei.

Ele se virou para mim.

— O que é mal? O que é bem? Essas concepções mudam de época em época. Você testaria apenas uma percepção de culpa ou de inocência. Na realidade o teste não tem valor algum.

— Não vejo como chega a tais conclusões.

— Meu caro amigo, vamos supor que um homem acredite ter o direito divino de matar um ditador ou um agiota, um dedo-duro ou qualquer outro que lhe cause indignação moral. Ele comete o que *você* chamaria de um ato culposo, mas que *ele* considera absolutamente justo. O que o grão justiceiro faria neste caso?

— Certamente que deve haver sempre um sentimento de culpa ao se assassinar alguém — respondi.

— Há muita gente que eu próprio *gostaria* de matar — disse Franklin bem-humorado. — Não acredito que minha consciência me incomodaria muito quando fosse dormir. Particularmente, acho que pelo menos oitenta por cento da humanidade devia ser exterminada. Ficaríamos muito melhor sem eles.

Levantou-se e foi embora, assobiando alegremente.

Olhei para ele cheio de dúvidas. Uma risadinha de Poirot me trouxe de volta à realidade.

— Meu amigo, você parece que viu um ninho de serpentes. Esperemos que nosso amigo Franklin não ponha em prática essas suas idéias.

— Ah. Mas e se ele as puser em prática?

II

Depois de hesitar um pouco, achei melhor falar com Judith sobre Allerton. Senti que deveria saber o que ela realmente sentia. Sabia que era uma moça muito sensata, que sabia perfeitamente o que era melhor para si, e não se sentiria atraída por um sujeito do nível de Allerton. Na realidade, queria falar com Judith exatamente para ter certeza disso.

Infelizmente não consegui meu intento... Tenho de confessar, no entanto, que não fui nada sutil. Não há nada que os jovens detestem mais do que conselhos de gente mais velha. Tentei falar da maneira mais natural e tranqüila do mundo. Mas não consegui...

Judith se irritou.

— O que é isso? Um conselho paterno sobre os perigos do lobo mau?

— Não, Judith, de maneira nenhuma.

— Quer dizer que você não gosta do major Allerton?

— Francamente, não. E acho que você também não.

— Por quê?

— Bem, uh, ele não é o seu tipo, é?

— O que você considera "meu tipo", papai?

Judith sempre consegue me confundir. Fui totalmente inábil. Ela estava ali, me olhando, com seu sorriso irônico...

— Está claro que *você* não gosta dele. Mas eu gosto. Acho ele até muito divertido.

— Ah, divertido, talvez — queria que aquele diálogo terminasse logo.

Judith, de propósito, falou:

— Ele é bem simpático. Qualquer mulher acharia o mesmo. Os homens, claro, não conseguem ver isso.

— Certamente que não — continuei a falar, meio desajeitado. — Você ficou com ele outro dia até altas horas da madrugada!

Não pude terminar. A tempestade caiu.

— Papai, você está sendo realmente muito idiota. Será que não percebe que já tenho idade para cuidar de mim mesma? Você não tem o menor direito de controlar o que faço ou quem escolho como amigo. É essa interferência insensata na vida dos filhos que é tão revoltante nos pais e nas mães. Gosto muito de você, mas eu já sou adulta e faço o que quero. Não comece a ficar um Mr. Barrett.

Fiquei tão sentido com sua maneira rude de falar que não consegui responder nada, e Judith foi rapidamente embora.

Achei que havia feito mais mal do que bem.

Estava perdido em meus pensamentos, quando fui despertado pela voz da enfermeira da sra. Franklin com uma pergunta brejeira:

— Um tostãozinho para dizer o que está pensando, capitão Hastings!

Eu me virei alegremente satisfeito com a interrupção.

A enfermeira Craven era realmente uma mulher muito bonita. Seu jeito talvez fosse um pouco malicioso e animado demais, mas ela era muito agradável e inteligente.

Ela tinha acabado de deixar sua paciente tomando sol bem perto do laboratório improvisado.

— A sra. Franklin se interessa pelo trabalho do marido? — perguntei.

A enfermeira fez que não com a cabeça, de um jeito maroto.

— Não, é muito técnico para a cabeça *dela*. Ela não é uma mulher muito esperta, capitão Hastings.

— É, não deve ser mesmo.

— O trabalho do dr. Franklin só pode ser bem apreciado por pessoas que entendam um pouco de medicina. Ele é um homem muito inteligente. Brilhante até. Mas tenho um pouco de pena dele, coitado.

— Pena dele?

— É. Já vi isso acontecer tantas vezes. Casar com a mulher errada...

— Você acha que ela não serve para ele?

— E você não acha? Eles não têm nada em comum.

— Ele parece gostar muito dela. Sempre pronto a fazer tudo o que ela quer.

A srta. Craven sorriu sarcasticamente.

— Ela trata disso muito bem!

— Você acha que ela tira proveito da doença? — perguntei.

A srta. Craven deu uma risada.

— Não há muito o que ensinar a ela sobre como conseguir as coisas que quer. Tudo que "sua majestade" deseja acontece. Existem umas mulheres assim, espertas como um rato. Se alguém se opõe a seus desejos, imediatamente fecham os olhos e se fazem de doentes, ou então têm uma explosão de raiva, mas a sra. Franklin é do tipo patético. Não dorme a noite inteira e, no dia seguinte, está toda pálida e exausta.

— Mas ela é realmente doente, não? — perguntei, surpreso.

A srta. Craven olhou-me de uma forma bastante estranha. Falou secamente:

— Ah, claro — e mudou de assunto rapidamente.

Então me perguntou se era verdade que eu tinha lutado na Primeira Guerra Mundial.

— É isso mesmo.

Abaixou um pouco a voz.

— Houve um assassinato aqui, não houve? Uma das empregadas estava me contando. Uma velha, não foi?

— É.

— E você estava aqui na época?

— Estava.

Ela tremeu levemente. Falou:

— Isso explica tudo, não é?

— Explica o quê?

Ela me lançou um rápido olhar de esguelha.

— A atmosfera desse lugar. Você não sente nada? Pois eu sinto. Tem alguma coisa *errada* aqui, você me entende?

Fiquei um momento calado considerando suas palavras. Seria verdade o que acabara de dizer?

Teria uma morte violenta — friamente premeditada —, ocorrida num determinado lugar, deixado uma atmosfera tão carregada que ainda se podia sentir muitos anos depois? Os espíritas dizem que sim. Será que a atmosfera de Styles refletia tão claramente aquele acontecimento de tantos anos atrás? Aqui, entre essas quatro paredes ou no jardim, maquinações para um assassinato permaneceram no ar e se fortaleceram até chegar ao ato final. Será que ainda estavam no ar?

A enfermeira Craven interrompeu meus pensamentos dizendo bruscamente:

— Já estive numa casa em que houve um assassinato. Nunca me esqueci de lá. Uma pessoa não consegue se esquecer de coisas assim, sabe. Foi um dos meus pacientes. Tive que prestar depoimento e tudo mais. Fiquei muito transtornada. É uma experiência muito desagradável para uma moça.

— Deve ter sido. Falo por mim...

Parei de estalo quando ouvi as passadas pesadas de Boyd Carrington, em direção a nós.

Como de costume, sua personalidade sempre forte e ativa parecia afastar toda dúvida ou preocupação infundada. Ele era tão grande, saudável, esportivo — uma dessas personalidades que irradiam alegria e bom senso.

— Bom-dia, Hastings, bom-dia, enfermeira. Onde está a sra. Franklin?

— Bom-dia, Sir William. Ela está logo ali embaixo no jardim, debaixo da faia, perto do laboratório.

— E o Franklin, *dentro* do laboratório, não é?

— É, Sir William, com a srta. Hastings.

— Pobre garota. Enfurnada no laboratório fazendo besteira numa manhã dessas. Você devia protestar, Hastings.

A enfermeira completou:

— Não, a srta. Hastings está gostando *muito*. E além disso, o doutor certamente não conseguiria nada sem ela.

— Que infeliz — disse Boyd Carrington. — Se eu tivesse uma mulher bonita tal qual a srta. Hastings como minha secretária, estaria olhando para *ela* e não para as cobaias, isto sim.

Era o tipo de piada que Judith certamente não gostaria, mas funcionou bem com a enfermeira, que riu a valer.

— Oh, Sir William! — exclamou. — O senhor não deve dizer essas coisas. Nós todos sabemos como o *senhor* se comportaria! Mas o coitado do dr. Franklin, ele é tão sério, tão envolvido com o trabalho.

Boyd Carrington disse, bem-humorado:

— Bem, a esposa parece que ficou numa posição onde possa tomar conta do marido. Acho que ela está com ciúmes.

— O senhor sabe demais, Sir William.

A enfermeira parecia encantada com os gracejos de Boyd Carrington. Mas falou relutante:

— Bem, está na minha hora de preparar o chocolate da sra. Franklin.

Ela se afastou devagar e Boyd Carrington ficou olhando para ela.

— Bonita mulher — falou. — Cabelos e dentes maravilhosos. Um excelente espécime do sexo feminino. Deve levar uma vida monótona só cuidando de doentes. Uma mulher dessas merece uma sorte melhor.

— É, um dia desses ela aparece aí casada — falei.

— Também acho.

Suspirou, e me ocorreu que estivesse pensando em sua falecida esposa. Então perguntou:

— Quer vir comigo até Knatton e conhecer a casa?

— Claro, gostaria muito. Deixa eu só ver se Poirot precisa de mim para alguma coisa.

Poirot estava sentado na varanda, todo agasalhado. Disse que eu devia mesmo ir.

— Claro, Hastings, vá mesmo. É um lugar lindíssimo. Você não pode deixar de vê-la.

— Gostaria mesmo de ir. Mas não quero te deixar aqui.

— Meu fiel amigo! Não, não, vá com Sir William. Um homem encantador, não é?

— Fora de série — respondi, entusiasmado.

Poirot sorriu:

— É, achei mesmo que era do tipo de que você gosta.

III

Gostei muito do passeio.

Não só o tempo estava bom — um lindo dia de verão — como a companhia de Boyd Carrington foi agradabilíssima.

Ele tinha um magnetismo pessoal, um conhecimento de pessoas e lugares, que o tornavam uma companhia excelente. Ele me contou casos sobre seus dias na Índia, uns detalhes interessantes sobre costumes de tribos da África Oriental, tudo tão formidável que me esqueci de todas as minhas preocupações com Judith e com as revelações que Poirot me fez.

Também gostei do modo como Boyd Carrington falava de meu amigo. Tinha um profundo respeito por ele, tanto por seu trabalho quanto por sua personalidade. Embora triste com seu atual estado de saúde, Boyd Carrington não emitiu nenhuma palavra de piedade. Ele achava que a vida de Poirot era uma rica recompensa em si mesma e que em suas lembranças meu amigo poderia encontrar alegrias e orgulho de si próprio.

— Além disso, considero que sua mente está tão arguta quanto sempre foi.

— É, está mesmo.

— Não há maior erro do que afirmar que um homem está incapacitado de pensar só porque está preso a uma cadeira de rodas. Isso não altera em nada a capacidade de pensar. A idade afeta muito menos o trabalho intelectual do que se pensa. Nunca tentaria cometer um assassinato debaixo do nariz de Poirot, mesmo nas condições atuais.

— Ele o pegaria se fizesse isso — repliquei, sorrindo.

— Aposto que pegaria mesmo. Não que eu fosse muito bom em cometer assassinatos. Não consigo planejar nada. Muito impaciente. Se eu assassinasse alguém seria no calor do momento.

— Este talvez seja o crime mais difícil de descobrir.

— Que nada. Provavelmente deixaria pistas por todo canto. Bem, é uma sorte mesmo que eu não tenha uma tendência para assassinatos. O único tipo de homem que eu me vejo assassinando é o chantagista. Não é um pensamento muito certo, vá lá, mas sempre achei que os chantagistas deviam ser fuzilados. O que você acha?

Confessei que sua idéia não me parecia de todo má.

Logo depois passamos a examinar as obras feitas na casa, e um jovem arquiteto veio ao nosso encontro.

Knatton era quase toda em estilo Tudor a não ser por uma ala construída posteriormente. Não fora modernizada ou alterada desde a instalação de dois banheiros muito simples lá pela década de 1840.

Boyd Carrington me explicou que seu tio tinha um pouco de eremita, não gostava de gente e morava num canto daquela casa enorme. Boyd Carrington e seu irmão eram tolerados e passavam suas férias escolares lá, antes de Sir Everard ficar pior da sua mania de se enclausurar.

O velho nunca se casara, e tinha gasto somente um décimo de sua imensa fortuna, portanto, mesmo descontados os impostos sobre a herança, ele, baronete Carrington, se tornara um homem muito rico.

— Mas também muito sozinho — suspirou.

Não falei nada. Minha solidariedade era muito grande para ser posta em palavras. Porque eu também era um homem solitário. Desde a morte de Cinders, tenho me sentido apenas metade de gente.

Logo expressei um pouco do que estava sentindo, meio hesitante.

— Ah, é verdade, Hastings, mas você teve algo que eu nunca pude ter.

Fez uma pausa e de uma forma um pouco convulsiva e abrupta contou toda sua tragédia.

Falou sobre sua bela e jovem esposa, uma criatura encantadora, charmosa, prendada, mas com uma herança terrível. Quase toda sua família morrera com problemas causados pela bebida, e sobre ela caiu essa maldição. Menos de um ano de casada e ela adoeceu e morreu dipsomaníaca. Ele não a culpava. Compreendia que a hereditariedade tinha sido mais forte que ela.

Depois de sua morte, ele passou a levar uma vida muito solitária. Abalado por essa experiência, estava convencido a não se casar de novo.

— A gente se sente mais seguro quando está sozinho — disse ele.

— É, compreendo como você se sente, pelo menos em princípio.

— Tudo foi tão trágico que envelheci prematuramente e fiquei muito amargo — fez uma pausa. — É verdade que uma vez me vi muito tentado. Mas ela era tão jovem que não seria justo que se juntasse a um homem desiludido. Eu era muito velho para ela. Ela era tão menina, tão bonita, tão completamente virgem.

Ele parou, meneando a cabeça.

— Não seria ela que devia julgar isso?

— Não sei, Hastings. Na época não pensei assim. Ela... ela parecia gostar de mim. Mas, como eu te disse, ela era muito jovem. Nunca vou me esquecer de como ela estava no último dia em que a vi. Sua cabeça um pouco virada para o lado, um pouco espantada, sua mãozinha...

Parou outra vez. Suas palavras invocaram um quadro que me pareceu vagamente familiar, embora não soubesse bem por quê.

A voz de Boyd Carrington, subitamente dura, interrompeu meus pensamentos.

— Fui um idiota. Qualquer homem que deixa passar uma oportunidade dessas é um idiota. De qualquer forma, aqui estou eu, com uma enorme mansão, muito além de minhas necessidades, e sem ninguém para ocupar a cabeceira oposta da mesa.

Para mim, sua maneira meio antiga de dizer as coisas tinha seu charme. Invocava um mundo de encanto e bem-estar.

— E onde está essa mulher agora?

— Oh, casada. — Mudou de assunto rapidamente: — O fato é, Hastings, que agora estou fadado a uma vida de solteiro. Tenho minhas manias. Bom, vamos ver os jardins. Estão muito mal cuidados, mas têm lá sua beleza.

Passeamos pelos jardins e fiquei muito impressionado com tudo. Knatton, sem dúvida, era uma senhora propriedade e não era sem razão que Boyd Carrington tinha tanto orgulho dela. Conhecia bem a vizinhança e a maioria dos moradores por ali, embora houvesse alguns novos que não eram de seu tempo.

Tinha conhecido o coronel Luttrell nos velhos tempos e mostrava todo entusiasmo de que o negócio em Styles desse certo.

— O coitado do Toby Luttrell está bem ruim de vida, sabe. Bom sujeito. Bom soldado também, e excelente atirador. Uma vez estive com ele num safári na África. Ah, bons tempos aqueles! Ele já estava casado, naturalmente, mas sua esposa não estava com ele, graças a Deus. Era uma mulher bonita, mas sempre um pouco intratável. O que um homem não faz por uma mulher?... O velho Luttrell fazia seus soldados tremerem de cima abaixo, era um militar muito rigoroso! E agora, aí está, dominado, intimidado e hu milde como ele só! A mulher dele realmente sempre teve uma língua de cobra. Mas ela é muito inteligente. Se existe alguém que consiga pôr aquele negócio para a frente, esse alguém é ela. Toby nunca teve jeito para negócios, mas a sra. Luttrell venderia a própria mãe.

— Mas ela é tão afetada em tudo! — retruquei.

Boyd Carrington pareceu ter-se divertido com minha exclamação.

— Ah, sei disso. E toda melosa também. Mas você já os viu jogando bridge?

— Até joguei com eles.

— De uma maneira geral, detesto jogar bridge com mulheres — falou. — E se você é um dos meus, seguirá meu conselho.

Contei a ele como tinha sido desagradável, tanto para Norton quanto para mim, a partida que jogamos no dia de minha chegada.

— Isso mesmo. A pessoa não tem onde enfiar a cara. — E acrescentou: — Boa pessoa, o Norton. Mas muito calado. Sempre olhando para os passarinhos. Não tem o mínimo interesse em atirar neles, só fica olhando. Fantástico! Nenhuma queda para o esporte. Falei a ele que perdia muito não caçando os pássaros. Eu mesmo não compreendo que graça tem ficar andando pelo mato olhando pássaros com um binóculo.

Quão pouco nós percebêramos então que o *hobby* de Norton teria um papel preponderante nos acontecimentos que estavam por vir.

Capítulo 8

I

Os dias se passaram. Foi um período não muito agradável, com uma sensação constante de que alguma coisa estava para acontecer.

Nada, se é que posso colocar desse modo, efetivamente *aconteceu*. Mas, houve incidentes, pedaços de conversas aqui e ali, esclarecimentos sobre os diversos hóspedes em Styles, afirmações elucidativas. Tudo isso somado e colocado no devido lugar poderia ter ajudado muito minhas investigações.

Foi Poirot quem, com palavras enérgicas, me fez ver algo que eu estava, criminosamente, deixando passar.

Eu reclamava, pela enésima vez, de sua recusa em me contar o que sabia. Não era justo, dizia a ele. Ele e eu soubemos sempre a mesma coisa sobre as investigações, mesmo que eu fosse obtuso e ele astuto em chegar a conclusões advindas daqueles fatos.

— É isso mesmo, meu amigo. Não é justo! Não é das regras do jogo! Não é assim que se joga! Admita tudo isso e vá em frente, meu amigo. Isso *não* é um jogo, não é *le sport*. Você, você fica preocupado em descobrir de qualquer jeito a identidade de X. Não foi para isso que lhe convidei para vir aqui. Não é preciso que você se ocupe disso. Essa resposta *eu* sei. O que eu não sei e preciso saber é: "Quem vai morrer aqui, logo logo?" Essa é a questão, *mon vieux*, e não você ficar por aí tentando adivinhar a identidade de X; temos de impedir a morte de um ser humano.

Eu estava abismado.

— Claro — disse lentamente. — Bem, eu sabia, você já tinha me dito isso uma vez, mas não imaginei que fosse assim.

— Então imagine agora, imediatamente.

— Sei, sei, vou imaginar, isto é, já percebi tudo.

— *Bien*! Então me diga, Hastings, quem é que vai morrer?

Olhei para ele sem entender

— Não tenho a menor idéia.

— Mas então é melhor você arrumar uma! Para que veio aqui?

— Certo — falei, concentrando-me no que pensava sobre o assunto —, deve haver alguma ligação entre a vítima e X, então se você me disser quem é X...

Poirot mexia tanto com a cabeça que era doloroso só de olhar.

— Eu já não lhe disse que isso é a essência da técnica de X? Não há nada que relacione X com a morte. Isso é categórico.

— A ligação estará oculta, então.

— Vai estar tão oculta que nem eu nem você nunca vamos descobrir.

— Mas certamente se estudarmos o passado de X...

— Não, estou lhe dizendo que não. Não há *tempo*. Alguém pode ser assassinado a qualquer momento, entende?

— Alguém daqui desta casa?

— Alguém daqui desta casa.

— E você realmente não sabe quem, ou como?

— Ah! Se eu soubesse, não ficaria insistindo que você descobrisse para mim.

— Você se baseia simplesmente na presença de X aqui?

Eu dei a impressão de estar meio em dúvida. Poirot, cuja paciência estava tão reduzida quanto o movimento de suas pernas, praticamente uivou para mim:

— Ah, *ma foi*, quantas vezes vou ter de repetir? Se vários correspondentes de guerra chegam subitamente a um determinado lugar da Europa, quer dizer o quê? Quer dizer guerra! Se médicos chegam de toda parte do mundo para uma determinada cidade, o que isso significa? Significa que lá vai haver um congresso de medicina. Onde você vir um urubu, certamente haverá uma carcaça. Se você encontrar caçadores num pântano, vai haver tiros. Se você vir um homem parar de repente, tirar correndo o paletó e mergulhar no mar, quer dizer que vai haver o salvamento de alguém que está se afogando. Se você encontrar mulheres respeitáveis, de meia-idade, olhando atrás de um arbusto, você pode deduzir que estão olhando para alguma indecência! E, finalmente, se você sente um cheiro delicioso e observa que várias pessoas se dirigem para a mesma sala, você pode perfeitamente presumir que uma refeição está prestes a ser servida!

Pensei um pouco nessas analogias, e depois falei, pensando na primeira:

— Mesmo assim, um correspondente de guerra não faz uma guerra!

— Claro que não. E uma andorinha não faz verão. Mas um assassino, Hastings, *faz* um assassinato.

Não havia dúvida quanto a isso. Ainda assim me ocorreu, e não me parece que tenha ocorrido a Poirot, que mesmo um assassino tem seus dias de folga. X poderia simplesmente estar em Styles para um descanso, sem nenhuma intenção de matar alguém. Poirot estava tão zangado, que não tive coragem de sugerir isso. Disse simplesmente que aquilo tudo me parecia sem solução. Nós tínhamos de esperar...

— E ver o que acontece — completou Poirot. — Como o seu sr. Asquith na última guerra. Isso, *mon cher*, é precisamente o que nós não devemos fazer. Não digo, entenda bem, que conseguiremos nosso intento, pois, como já lhe disse uma vez, quando um assassino está determinado a matar, não é fácil impedi-lo. Mas nós podemos ao menos tentar. Veja bem, Hastings, você tem diante de si um jogo aberto de bridge. Você pode ver todas as cartas. Agora eu lhe peço para dizer qual vai ser o resultado da rodada.

— Não tem jeito, Poirot. Não tenho a menor idéia. Se pelo menos eu soubesse quem é X...

Poirot uivou para mim outra vez. Uivou tão alto que Curtiss veio correndo do quarto ao lado meio apavorado. Poirot mandou-o embora, e quando ele saiu, meu amigo falou um pouco mais controlado.

— Hastings, você não é tão burro quanto gosta de parecer. Você analisou esses casos que eu lhe dei para ler. Você pode não saber quem é X, mas você conhece bem a maneira como ele comete seus crimes.

— Ah, estou entendendo.

— Claro que você está entendendo. Seu problema é a sua preguiça mental. Você gosta de jogar e adivinhar. Você não gosta de usar a cabeça. Qual o elemento essencial na técnica de X? Não é o fato de que o crime, ao ser cometido, já está *completo*? Isto é, há um motivo para o crime, há uma oportunidade, há meios e há, o que é mais importante, o culpado prontinho para a degola.

Entendi, no ato, o x do problema e percebi o papel de idiota que tinha feito não compreendendo antes o problema.

— Entendi — falei —, tenho de procurar alguém que... que se encaixe nessas exigências... a vítima em potencial.

Poirot se esticou na cadeira, suspirando.

— *Enfin!* Estou muito cansado. Mande Curtiss aqui. Você compreendeu o que tem de fazer agora. Você é uma pessoa ativa, você pode se mover por aí, seguir as pessoas, falar com elas, observá-las sem ser observado... — Quase protestei com essa última frase, mas me calei. Era uma discussão muito antiga. — Você pode escutar conversas, você tem joelhos que ainda dobram, portanto você pode se curvar e olhar por buracos de fechaduras...

— Não vou olhar por nenhum buraco de fechadura — interrompi, irritado.

Poirot fechou os olhos.

— Muito bem. Então você não olha pelos buracos de fechaduras. Você continua sendo um cavalheiro inglês e uma pessoa será assassinada. Isso não importa. Não, a honra para um inglês vem sempre em primeiro lugar. Sua honra é mais importante que a vida de uma pessoa. *Bien!* Já entendi.

— Não, mas que diabo, Poirot...

Poirot falou friamente:

— Chame o Curtiss para mim. Vá embora. Você é teimoso e extremamente imbecil e eu daria tudo para ter outra pessoa em quem pudesse confiar, mas parece que vou ter de agüentar você e suas absurdas idéias moralistas. Já que você não pode usar suas células cinzentas, porque não as tem, pelo menos use seus olhos, ouvidos e nariz se preciso for, até onde os ditames da honra o permitirem.

II

No dia seguinte me permiti expor, pela primeira vez, uma idéia que já tinha me passado pela cabeça várias vezes. Falei um pouco com o pé atrás, porque nunca se sabe qual vai ser a reação de Poirot!

— Estive pensando, Poirot. Sei que não sou lá essas coisas. Você disse que eu era um imbecil. Bem, de certa forma, isso é verdade. E sou agora um homem incompleto. Desde a morte de Cinders...

Parei de falar. Poirot fez um grunhido denotando compreensão.

Continuei:

— Mas há um homem aqui que pode perfeitamente nos ajudar, exatamente o homem de que precisamos. Inteligente, sensível, com meios, acostumado a tomar decisões e um homem de vasta experiência. Estou falando de Boyd Carrington. Ele é o homem de que precisamos, Poirot. Conte tudo a ele. Ponha todas as cartas na mesa para ele.

Poirot abriu os olhos e falou decidido:

— Nunca.

— Mas por que não? Você não pode negar que ele é esperto, muito mais esperto do que eu.

— Isso — disse Poirot, sarcástico —, não é nada difícil. Mas tire essa idéia da cabeça, Hastings. Não contamos nada a *ninguém*. Que isso fique bem claro, *hein*? Entenda bem, eu o proíbo de tocar neste assunto com quem quer que seja.

— Bem, se você quer assim, mas Boyd Carrington realmente...

— Ah, tá, tá! Boyd Carrington. Por que essa obsessão com Boyd Carrington? O que ele tem de mais? Um grandalhão pomposo e que se adora só porque todo mundo o chama de Sua Excelência. Um homem com, sim, um certo charme e educação primorosa. Mas não é tão maravilhoso assim, esse seu Boyd Carrington. Ele vive se repetindo, conta as mesmas histórias duas, três vezes, e o que é pior, sua memória é tão ruim que ele conta para você a história que você contou a ele! Um homem habilidosíssimo? Nem um pouco. Um velho chato, um saco de vento, *enfin*, um convencido!

— Ah! — falei, quando comecei a entender um pouco mais das coisas.

Era bem verdade que a memória de Boyd Carrington não era lá essas coisas. E ele, efetivamente, cometera uma enorme gafe, que, estava percebendo agora, aborrecera bastante Poirot.

Poirot tinha lhe contado uns casos de seus dias de policial na Bélgica, e, dois dias depois, quando nós estávamos em grupo no jardim, Boyd Carrington contou a mesma história para Poirot, com o seguinte prefácio:

— Eu me lembro do *Chef de la Sûreté* de Paris me contar...

Percebi agora que isso tinha deixando meu amigo furioso.

Cauteloso, não disse mais nada, e me retirei.

III

Desci e fui passear pelos jardins. Não tinha ninguém por perto e andei sozinho por uma alameda e subi por um outeiro até que encontrei, no topo, uma casa caindo aos pedaços. Sentei-me então, acendi o cachimbo, e comecei a pensar sobre o caso todo.

Quem estava hospedado em Styles que tivesse um motivo forte para assassinar alguém, ou quem poderia ser levado a ter um motivo?

A não ser o caso meio óbvio de Luttrell que me parecia pouco provável (ele matar a mulher no meio de um jogo de bridge e tudo mais, apesar de ser por uma causa justa), não conseguia pensar em qualquer outro.

O problema era que eu não conhecia bem aquelas pessoas. Norton, por exemplo, e a srta. Cole? Quais eram os motivos mais comuns para alguém assassinar uma pessoa? Dinheiro? Boyd Carrington me parecia ser o único rico do grupo. Se ele morresse, quem herdaria o dinheiro? Alguém que estivesse hospedado lá? Não acredito muito nisso, mas era um ponto a ser considerado. Ele poderia, por exemplo, ter deixado sua fortuna para pesquisa, deixando Franklin como administrador. Isso mais as afirmações insensatas sobre o genocídio de oitenta por cento da raça humana poderiam até pôr o doutorzinho ruivo em maus lençóis. Ou possivelmente Norton ou a srta. Cole seriam parentes distantes e herdariam a fortuna automaticamente. Um pouco difícil mas possível. Será que o coronel Luttrell, como velho amigo de Boyd Carrington, seria beneficiado no testamento? Essas pareciam ser as únicas possibilidades, do ponto de vista do dinheiro como causa. Considerei então possibilidades mais românticas. Os Franklin. A sra. Franklin é doente. Seria possível que ela estivesse sendo envenenada aos poucos, e que o culpado pelo envenenamento fosse seu próprio marido? Ele é um médico, teria a oportunidade e os meios, sem dúvida. Mas, e o motivo? Senti um enjôo bastante desagradável ao pensar que Judith poderia estar envolvida. Sabia bem como eram suas relações com Franklin, apenas profissionais, mas será que todos acreditariam nisso? Um policial cínico acreditaria nisso? Judith era uma mulher muito bonita. Uma assistente bonita tinha sido o motivo de muitos crimes. Essa possibilidade me desalentou.

Em seguida, considerei Allerton. Haveria alguma razão para matarem Allerton? Se nós tivéssemos de ter um assassinato preferia que Allerton fosse a vítima! Uma pessoa poderia arranjar inúmeras razões para acabar com ele. A srta. Cole, embora não fosse jovem, ainda era uma bonita mulher. Ela podia perfeitamente, morrendo de ciúmes, devido a uma relação íntima com Allerton no passado, querer matá-lo, embora eu não acreditasse muito nessa hipótese. Além disso, se Allerton fosse X...

Estava ficando impaciente. Isso não estava me levando a nada. Passos atraíram minha atenção. Era Franklin andando rápido em direção à casa, com as mãos nos bolsos, a cabeça para a frente. Sua aparência era toda de depressão. Vendo-o assim, sem suas defesas, pude notar que era um homem profundamente infeliz.

Estava tão absorto olhando para ele, que não ouvi um passo bem perto de mim, e virei surpreso quando a srta. Cole me dirigiu a palavra.

— Não ouvi você chegando — expliquei, me desculpando, ao me levantar.

Ela estava examinando a casa.

— Que relíquia da época vitoriana!

— Não é mesmo? Mas está bastante suja. Sente-se um pouco. Eu limpo o lugar para você.

Ocorrera-me que poderia tentar conhecer um pouco melhor os companheiros que estavam hospedados no mesmo hotel. Observei bem a srta. Cole enquanto limpava o lugar para que ela se sentasse.

Era uma mulher entre seus trinta e quarenta anos, um pouco magra demais, com um perfil marcado e olhos lindíssimos. Tinha um ar de recato, ou melhor, de suspeita. Percebi então que ela devia ser uma pessoa que sofrera muito na vida e que desconfiava de tudo e de todos. Senti que queria conhecer melhor Elizabeth Cole.

— Pronto — falei, dando os últimos retoques com meu lenço —, é o melhor que posso fazer.

— Obrigada. — Ela sorriu e sentou-se. Sentei-me ao seu lado. O banco rangeu bastante mas nenhuma catástrofe ocorreu.

A srta. Cole falou:

— Em que o senhor estava pensando quando eu cheguei? O senhor parecia bastante entretido com seus pensamentos.

Respondi devagar:

— Estava observando o dr. Franklin.

— Ah, é?

Não via razão para não repetir o que havia passado pela minha cabeça.

— Ele me pareceu um homem muito infeliz.

A mulher ao meu lado falou calmamente:

— Mas claro que ele é. Você já devia ter percebido isso.

Mostrei minha surpresa. Falei, gaguejando um pouco:

— Não... Não... ainda não tinha reparado. Sempre o imaginei totalmente envolvido com seu trabalho.

— E é mesmo.

— E você chama isso de infelicidade? Deveria ter dito que é o estado mais maravilhoso que existe.

— Sim, não estou discutindo isso... mas não se você, por alguma razão, está impedido de fazer em seu trabalho algo que deve ser feito de alguma forma. Você não consegue dar tudo de si.

Olhei um pouco confuso para ela, que continuou explicando:

— No último outono o dr. Franklin recebeu um convite para ir à África e continuar seu trabalho de pesquisa lá. Ele é muito esforçado e já fez um trabalho excelente quanto ao estudo de doenças tropicais.

— E ele não foi?

— Não. Sua mulher não quis. Ela não estava bem o bastante para suportar o clima e não gostou da idéia de ser deixada para trás, principalmente porque isso significaria uma vida muito apertada aqui. O salário que ofereceram não era muito bom.

— Ah — falei devagar —, então ele não quis deixá-la aqui devido ao seu estado.

— O senhor sabe alguma coisa sobre a saúde dela, capitão Hastings?

— Bem, eu... não... Mas ela é doente, não é?

— Ela bem que gosta da sua saúde fraca — ela disse, áspera. Não entendi bem o que ela quis dizer. Mas não havia dúvidas de que estava do lado do dr. Franklin.

— Suponho que essas mulheres frágeis tendem a ser muito egoístas...

— Realmente, acho que os doentes, doentes crônicos, são muito egoístas. Não se pode pôr a culpa neles, talvez. É fácil demais.

— Você acha então que a sra. Franklin não está tão mal de saúde assim?

— Não, não diria isso. É só uma suspeita. Parece que ela sempre consegue o que quer.

Refleti por uns momentos. Ocorreu-me então que a srta. Cole conhecia bem demais a vida familiar dos Franklin. Perguntei, com uma certa curiosidade:

— Você conhece bem o dr. Franklin, não é?

Balançou a cabeça negativamente.

— Não. Só o vi umas duas ou três vezes antes de encontrá-lo aqui.

— Mas ele lhe falou muito sobre sua vida, não?

— Nada, o que eu acabei de lhe contar eu soube por sua filha Judith.

Judith falava com todo o mundo menos comigo, percebi um pouco amargurado.

A srta. Cole continuou:

— Judith é muito fiel ao patrão e o defende sempre em todas as questões. A maneira como ela condena o egoísmo da sra. Franklin é devastadora.

— Você também acha que ela é egoísta?

— Acho, mas entendo bem o ponto de vista dela. Compreendo as pessoas doentes. E compreendo também por que o dr. Franklin faz tudo que ela quer. Judith, claro, acha que ele deveria deixar a mulher em algum lugar e continuar com suas pesquisas. Sua filha é muito entusiasmada com trabalhos científicos.

— Eu sei — disse um pouco desconsolado. — Isso me preocupa, às vezes. Não parece muito natural, se é que você entende. Eu achava que ela poderia ser... mais humana... mais preocupada em levar uma vida melhor. Divertir-se, se apaixonar por um rapaz. Afinal, a juventude é o tempo de sair por aí, se divertindo, e não de ficar debruçada em cima de tubos de ensaio. Não é natural. Em nosso tempo de moços nós nos divertíamos, namorávamos... tão agradável... *você* sabe como é.

Houve um momento de silêncio. Depois a srta. Cole falou num tom estranho, frio:

— Não, eu não sei.

Fiquei desconcertado. Inconscientemente tratei-a como se fosse minha contemporânea, mas de repente percebi que ela era uns dez anos mais moça que eu e que eu tinha sido extremamente grosseiro.

Desculpei-me o melhor que pude. Ela interrompeu minhas frases gaguejantes:

— Não, nada disso. Não quis dizer isso. Não tem nada que se desculpar. Eu quis dizer exatamente o que eu disse. *Eu não sei.* Nunca fui "jovem" dessa forma que o senhor descreveu. Nunca tive o que o senhor chamou de "diversões".

Alguma coisa em sua voz, a amargura, um profundo ressentimento, me deixou sem jeito. Falei então, meio claudicante, mas com toda sinceridade:

— Desculpe.

Ela sorriu.

— Ah, não tem importância. Não fique assim. Vamos mudar de assunto.

Obedeci.

— Fale-me um pouco sobre as outras pessoas daqui. A não ser que não as conheça bem, naturalmente.

— Conheço os Luttrell desde pequena. É um pouco triste eles terem de fazer um negócio como esse, especialmente ele. Ele é adorável. Ela é mais simpática do que o senhor imagina. Foi o fato de ter lutado muito na vida que a fez assim, digamos, predatória. A única coisa que eu não gosto muito nela é seu jeito afetado.

— Fale-me alguma coisa sobre Norton.

— Não há muito o que dizer. Ele é muito simpático, um pouco tímido, um pouco tolo, talvez. Sempre foi assim, frágil. Morava com a mãe, uma mulher estúpida, rabugenta. Mandava nele à beça, me parece. Ela morreu há alguns anos. Ele gosta muito de pássaros e flores e coisas assim. Ele é muito gentil, e é o tipo de pessoa que vê longe.

— Por causa dos binóculos?

A srta. Cole sorriu.

— Bem, não quis dizer assim, tão literalmente. Quis dizer é que ele percebe muito bem as coisas. Essas pessoas quietinhas quase nunca são assim. Ele é altruísta, muito atencioso, mas um pouco sem presença, sabe.

— É, já percebi.

Elizabeth Cole de repente voltou com seu tom amargo:

— Essa é a parte, digamos, deprimente de lugares como esse. Hoteizinhos administrados por pessoas gentis mas arruinadas. Ficam cheios de gente fracassada, de pessoas que nunca foram nada, que nunca serão nada, que... que foram derrotadas e alquebradas pela vida, de gente velha, cansada e acabada.

Sua voz foi morrendo. Uma tristeza enorme e abrangente tomou conta de mim. Como aquilo era verdade! Aqui estávamos nós, um bando de gente em decadência. *Cabeças cinzas, corações cinzas, sonhos cinzas.* Eu, triste e solitário, a mulher ao meu lado amarga e desiludida. O dr. Franklin, suas ambições cortadas e impedidas, sua esposa com uma saúde péssima. O calminho do Norton pulando atrás de passarinhos. Até Poirot, aquele Poirot brilhante de outrora, um velho caco.

Que diferença dos velhos tempos — daqueles dias em que vim a Styles pela primeira vez. Essas lembranças foram demais para mim; uma exclamação cheia de dor e tristeza veio aos meus lábios.

Minha companheira perguntou assustada:

— O que foi?

— Nada. Estava só chocado com o contraste. Não sei se você sabe, estive aqui anos atrás, quando era moço. Estava pensando na diferença entre aquela época e agora.

— Estou entendendo. Aqui era um lugar feliz naquela época? Todos eram felizes aqui?

É impressionante como, às vezes, nossos pensamentos giram como que dentro de um caleidoscópio. Isso tinha acabado de me acontecer. Uma confusão incrível de lembranças, de fatos... E logo o mosaico se fixou num padrão definido.

Minha tristeza era pelo passado em si, não pelo que realmente aconteceu. Porque mesmo então, tantos anos atrás, não havia felicidade em Styles. Eu me lembrei friamente dos fatos. Meu amigo John e a esposa, ambos infelizes com a vida que eram obrigados a levar. Lawrence Cavendish, mergulhado em profunda melancolia. Cynthia, com sua meninice brilhante, afogada pela dependência. Inglethorp, casado com uma mulher por causa do dinheiro dela. Não, nenhum deles tinha sido feliz. Styles não era uma casa de sorte.

Disse à srta. Cole:

— Estava perdido em sentimentos falsos. Esta nunca foi uma casa de felicidade. Nem agora. Todo mundo aqui é infeliz.

— Não, não, sua filha...

— Judith também não é feliz.

Falei aquilo com um conhecimento de causa meio súbito demais. Não, Judith não era feliz.

— Boyd Carrington, este talvez. Outro dia estava me dizendo que era muito solitário, mas mesmo assim acho que está tirando um bom proveito da sua vida agora, com sua casa e uma coisa aqui outra ali.

A srta. Cole falou categórica:

— É verdade, mas Sir William é diferente. Ele não pertence a esse mesmo mundinho que nós. Ele vem de outro mundo, o mundo do sucesso e da independência. Ele fez de sua vida um sucesso e ele sabe disso. Ele não é um dos... dos mutilados.

Foi uma palavra estranha essa que ela escolheu. Virei-me para ela surpreso.

— Você pode me dizer por que você usou essa expressão em particular?

— Porque — ela disse com uma energia súbita e feroz — é a verdade. Pelo menos é verdade em relação a mim. Sou uma mutilada.

— Estou vendo que você se sente muito infeliz.

Ela respondeu já mais calma:

— Você não sabe quem eu sou, sabe?

— Bem, sei seu nome, e...

— Cole não é meu nome, quer dizer, era o nome de minha mãe. Eu o adotei depois.

— Depois?

— Meu nome verdadeiro é Litchfield.

Por uns segundos não percebi bem, era só um nome vagamente familiar. Mas logo me lembrei.

— Matthew Litchfield.

— Estou vendo que você já ouviu falar nele. Isso é o que eu queria dizer há pouco. Meu pai era um tirano e um doente. Ele nos proibia qualquer tipo de vida mais normal. Nós não podíamos convidar amigos para vir até a nossa casa. Nos dava pouco dinheiro. Nós estávamos... numa prisão.

Ela fez uma pausa, os olhos, aqueles olhos lindos, abertos e profundos.

— E então, minha irmã, minha irmã...

Parou.

— Por favor, não continue. Deve ser muito doloroso para você. Eu já sei. Não há necessidade de me contar.

— Mas você não sabe. Você não poderia. Maggie. É inconcebível, inimaginável. Sei que ela foi à polícia, se entregou, confessou. Ainda assim, às vezes não consigo acreditar! Sinto que, de alguma forma, aquilo não era verdade, que não aconteceu, que não podia ter acontecido como ela contou.

— Você quer dizer — hesitei um pouco — que os fatos... que não tinha sido aquela pessoa...

Ela me interrompeu.

— Não, não, nada disso. Não, era a Maggie mesmo. Mas ela não era *assim*. Não foi... não foi *Maggie*!

As palavras quase saíram de meus lábios, mas me controlei. Ainda não estava na hora de dizer a ela:

— Você tem razão. *Não era mesmo a Maggie.*

Capítulo 9

Devia ser mais ou menos seis horas quando o coronel Luttrell passou por nós. Tinha um rifle na mão e carregava umas cotovias mortas.

Ficou espantado quando me ouviu chamá-lo e se surpreendeu quando nos viu ali.

— O que vocês dois estão fazendo aí? Essa casa aí não é muito segura, sabem. Está caindo aos pedaços. Pode cair a qualquer momento. E você vai ficar bem sujinha aí, Elizabeth.

— Está tudo bem. O capitão Hastings sacrificou um lenço pela boa causa de não deixar que meu vestido ficasse sujo.

O coronel murmurou distraído:

— Ah, é? Bom, então não tem problema.

Ficou ali mordendo os lábios e nós nos levantamos para ir até ele.

Parecia muito desligado aquela tarde. Animou-se um pouco para dizer:

— Tenho caçado algumas dessas malditas cotovias. Causam muito dano, sabiam?

— Soube que o senhor é excelente atirador — disse a ele.

— É? Quem contou isso ao senhor? Oh, Boyd Carrington. Nada, já fui bom... Já fui. Agora estou um pouco enferrujado. A idade aparece...

— A vista — sugeri.

Ele negou a sugestão imediatamente.

— Nada. A vista está boa como sempre foi. Isto é, tenho que usar óculos para ler, naturalmente. Mas posso ver perfeitamente ao longe.

Repetiu em seguida:

— É, posso ver bem... Não que isso importe muito... — sua voz foi morrendo num grunhido ininteligível.

A srta. Cole comentou, olhando para o céu:

— Que lindo fim de tarde.

Era mesmo. O sol descendo no oeste e a luz de um dourado forte, destacando os tons de verde das árvores, fazia um efeito maravilhoso. Era um começo de noite bem inglês, muito tranqüilo, como lembramos das noites inglesas ao estarmos em longínquos países tropicais. Cheguei a dizer isso.

O coronel Luttrell concordou efusivamente.

— É verdade, muitas vezes me lembrava de noites assim quando estava na Índia, sabe. Faz você querer se aposentar e ficar quieto num canto, não?

Concordei. Ele continuou, a voz se embargando:

— É, sossegar num lugar, voltar para casa, nada é como você imagina, não, não.

Pensei que isso era particularmente verdade no caso dele. Ele nunca se imaginou tomando conta de um hotel, tentando botar aquilo para frente, com uma mulher resmungando o dia inteiro em seu ouvido, reclamando sem parar.

Caminhamos devagar até a casa. Norton e Boyd Carrington estavam sentados na varanda, e o coronel e eu nos unimos a eles enquanto a srta. Cole entrou na casa.

Conversamos por uns minutos. O coronel Luttrell parecia ter-se alegrado um pouco. Contou umas duas piadas e parecia bem mais alegre e vivaz do que o normal.

— Está um dia quente — disse Norton. — Estou com sede.

— Tomem um drinque, vocês. Por conta da casa, está bem? — o coronel parecia animado e contente.

Nós agradecemos e prontamente aceitamos. Ele se levantou e entrou para apanhar as bebidas.

A parte do terraço onde nós estávamos sentados era bem perto da janela da sala de jantar, e aquela janela estava aberta.

Nós ouvimos o coronel abrir o armário, depois o barulhinho do abridor e o estouro baixinho da rolha.

E depois, a voz da mulher do coronel Luttrell, em alto e bom som:

— O que você está fazendo, George?

A voz do coronel baixou para um murmúrio. Nós só ouvimos uma palavra aqui e ali... "os rapazes"... "lá fora" ... "uma bebidinha".

A voz dura e irritante estourou com indignação:

— Você não vai fazer nada disso, George. Mas que idéia. Como é que você acha que esse negócio pode ir para frente com você distribuindo bebidas para todo mundo? Qualquer bebida aqui tem de ser paga. *Eu* tenho tino comercial, se você não tem. Meu Deus, você estaria na falência se não fosse por mim! Tenho de ficar atrás de você como de uma criança. É isso mesmo, como se estivesse atrás de uma criança. Você não tem o menor desconfiômetro. Passe essa garrafa para cá. Passe logo, ora.

Mais um protesto baixinho, agonizante.

A sra. Luttrell respondeu de primeira:

— Não me importa se eles acham ou não. A garrafa vai voltar direitinho para o armário, e eu vou trancá-lo de uma vez por todas.

Ouviu-se o barulho da chave sendo virada na fechadura.

— Pronto. Assim é que vai ser.

Dessa vez a voz do coronel foi ouvida mais claramente:

— Você foi longe demais, Daisy. Agora chega.

— *Agora chega?* E quem é você para vir me dizendo uma coisa dessas? Quem é que toma conta dessa casa? Eu! E nunca se esqueça disto.

Houve um pequeno barulho de cortinas e a sra. Luttrell evidentemente tinha saído do aposento.

Demorou uns minutos até que o coronel aparecesse. Mas naquele pouco tempo parecia que ele envelhecera séculos.

Não havia nenhum de nós que não estivesse morrendo de pena dele e que não teria assassinado, de boa vontade, a sra. Luttrell.

— Mil desculpas, rapazes — a voz dura e pouco natural. — Parece que o uísque acabou.

Ele deve ter percebido que nós ouvimos toda a conversa entre ele e a mulher. Se não percebeu, nosso jeito certamente teria mostrado de alguma forma. Todos nós estávamos extremamente constrangidos, e Norton perdeu a cabeça, dizendo logo que não queria drinque nenhum — muito perto do jantar, não é — e depois mudou de assunto muito elaboradamente fazendo uma série de afirmações sem pé nem cabeça. Foi realmente um momento muito desagradável. Eu mesmo me senti paralisado, e Boyd Carrington, que conseguiria fingir não notar e mudar de assunto, não teve a menor chance de interromper a baboseira que Norton falava.

Pelo canto do olho, vi a sra. Luttrell passando pelo jardim com as luvas de jardinagem e uma sacola para ervas daninhas. Era realmente uma mulher muito eficiente, mas a partir de então passei a nutrir uma raiva contida que acompanharia minha relação com ela até o fim. Nenhum ser humano tem o direito de humilhar o outro, de maneira alguma.

Norton ainda falava sem parar. Apanhou uma das cotovias, e contou como foi ridicularizado no colégio quando passou mal ao ver um coelho morto, e depois uma história comprida e sem sentido sobre um acidente que aconteceu na Escócia quando um batedor fora baleado. Nós contamos vários casos de acidentes de caça que conhecíamos, e então Boyd Carrington limpou a garganta e falou:

— Uma coisa muito interessante aconteceu uma vez com um ordenança que eu tive. Um rapaz irlandês. Teve uns dias de folga e foi para a Irlanda. Quando ele voltou, perguntei se os dias tinham sido agradáveis.

"Ah, claro, chefe, os melhores dias que já passei na minha vida!"

"Que bom, então", eu disse, um pouco surpreso com seu entusiasmo.

"Claro, chefe, foram dias maravilhosos! Matei meu irmão."

"Você matou seu irmão?", exclamei.

"Sim, senhor. Há anos que queria fazer isso. E de repente lá estava eu num telhado em Dublin e quem eu vejo passando pela rua bem embaixo, e eu com um baita rifle na mão: meu irmão; e eu com uma coceira no dedo... Foi fácil, fácil. Ah, foi um momento muito bom, e eu nunca vou esquecê-lo, para o resto da minha vida..."

Boyd Carrington contou a história muito bem, com uma ênfase muito grande, e nós todos rimos e relaxamos um pouco. Quando se levantou e saiu do terraço dizendo que queria tomar um banho antes do jantar, Norton pôs em palavras o sentimento de todos nós:

— Que sujeito admirável esse Boyd Carrington!

Concordei e Luttrell disse:

— Sim, é um bom camarada.

— Pelo que sei, onde quer que vá faz um enorme sucesso — disse Norton. — Tudo em que pôs a mão deu certo. Lúcido, se conhece bem, essencialmente um homem de ação. Um verdadeiro homem de sucesso.

Luttrell disse devagar:

— Existem homens que são assim, tudo em que põem a mão dá certo. Não erram nunca. Algumas pessoas têm toda a sorte.

Norton fez um ligeiro movimento com a cabeça:

— Não, senhor! Não sorte. — Citou uma passagem com sentimento: — "Não nas nossas estrelas, caro Brutus, mas em nós mesmos."

Luttrell disse:

— Talvez você tenha razão.

Falei rapidamente:

— Mesmo assim ele teve muita sorte de ter ganho Knatton como herança. Que lugar maravilhoso! Mas ele deveria se casar. Vai ficar muito só naquele casarão, sem ninguém.

Norton riu.

— Casar e sossegar? E se a mulher dele começar a mandar nele...

Foi o maior azar. O tipo de frase que qualquer um poderia ter dito. Mas muito infeliz, considerando as circunstâncias, e Norton percebeu isso no momento em que as palavras saíam de sua boca. Tentou segurá-las, hesitou, gaguejou, e parou um pouco sem jeito. Isso piorou ainda mais as coisas.

Ele e eu começamos a falar ao mesmo tempo. Falei qualquer bobagem sobre a luz da noite. Norton disse alguma coisa sobre um bridge depois do jantar.

O coronel Luttrell nem ouviu o que nós dissemos. Falou numa voz esquisita, inexpressiva:

— Não, Boyd Carrington não vai ser mandado pela mulher. Ele não é o tipo de pessoa que se *deixe* ser mandado. *Ele* não tem disso. Ele é um *homem*!

Foi muito estranho. Norton continuou balbuciando qualquer coisa sobre o bridge. No meio de tudo isso, uma cotovia veio voando sobre nossas cabeças e pousou num galho não muito longe de nós.

O coronel Luttrell apanhou a arma.

— Olha lá uma daquelas pestes — falou.

Mas antes que pudesse ao menos mirar, o pássaro saiu voando para outra árvore onde não dava para atingi-lo.

No mesmo instante, a atenção do coronel Luttrell se voltou para um movimento no pomar.

— Droga, um coelho mordendo a casca daquelas árvores recém-plantadas. Pensei que tivesse cercado bem o lugar.

Alçou o rifle e atirou, e quando eu vi...

Houve um grito de mulher. Dissipou-se numa espécie de murmúrio horroroso.

A espingarda caiu das mãos do coronel Luttrell, seu corpo vergou, mordeu os lábios.

— Meu Deus, é Daisy!

Eu já estava correndo até lá. Norton veio logo atrás de mim. Alcancei o lugar onde ela estava e me ajoelhei. Era a sra. Luttrell. Ela se ajoelhara, amarrando uma pequena estaca a uma árvore. O mato estava um pouco alto naquele lugar, assim percebi por que o coronel Luttrell não teve uma visão boa do que estava se movimentando perto da árvore. A luz também ajudava na confusão. Ela tinha sido atingida no ombro e o sangue estava jorrando.

Eu me curvei para examinar o ferimento e olhei para Norton. Ele estava encostado numa árvore, branco, branco, prestes a vomitar. Falou se desculpando:

— Não agüento ver sangue.

Falei ríspido:

— Chame o Franklin imediatamente. Ou a enfermeira.

Norton fez que sim, e saiu correndo.

Quem primeiro apareceu foi a enfermeira Craven. Chegou muito rápido mesmo, e logo estava tentando conter a hemorragia, com uma técnica invejável. Franklin chegou correndo logo depois. Os dois carregaram-na para casa e a puseram na cama; Franklin fez os curativos e telefonou para o médico da sra. Lutrell, e a enfermeira Craven ficou com ela.

Fui até Franklin quando ele acabou de falar ao telefone.

— Como ela está?

— Está tudo bem. Por sorte o tiro não pegou em nenhum órgão vital. Como aconteceu?

Contei e ele disse:

— Ah, entendi. Onde está nosso amigo? Deve estar se sentindo mal, não é para menos. Provavelmente precisa de mais cuidado que a mulher. Seu coração não está lá essas coisas.

Encontramos o coronel Luttrell numa das salinhas de estar. Estava com uma cor azul em volta da boca e parecia completamente confuso.

— Daisy? Ela está... como ela está?

Franklin respondeu rápido:

— Ela vai ficar bem. Não precisa se preocupar.

— Eu... pensei... o coelho... mordiscando a casca... não sei como fui fazer uma confusão dessas. A luz nos meus olhos.

— Essas coisas acontecem — disse Franklin, secamente. — Já vi acontecer umas duas ou três vezes. Olhe, coronel, deixe eu lhe dar um drinquezinho. O senhor não está parecendo bem.

— Não, não, estou bem. Posso ir vê-la?

— Ainda não. A enfermeira está com ela. Mas o sr. não precisa se preocupar. Ela está bem. O dr. Oliver já vai chegar e vai lhe dizer a mesma coisa.

Deixei os dois conversando e saí. Judith e Allerton vinham em minha direção. Os dois riam, muito interessados um no outro.

Esse ar de despreocupação, depois da tragédia, me deixou bastante zangado. Chamei Judith rispidamente e ela me olhou surpresa. Em poucas palavras, contei a ela o que acontecera.

— Que coisa singular, essa — foi o comentário de minha filha.

Ela não estava nem um pouco perturbada, como deveria estar, na minha opinião.

A conduta de Allerton, então, foi ultrajante. Parecia que aquilo tudo era somente uma boa piada.

— Bem feito para aquela velha bruxa. Acho que o velhote fez de propósito.

— Claro que não — retruquei ríspido. — Foi um acidente.

— Eu sei, mas conheço esses acidentes. Bem convenientes, às vezes. Se nosso amigo atirou nela de propósito, tiro meu chapéu, juro.

— Não foi nada disso — falei já com raiva.

— Não tenha tanta certeza. Conheci dois homens que atiraram na mulher. Um estava limpando o revólver. O outro atirou nela à queima-roupa de brincadeira, como ele mesmo disse. Não sabia que a arma estava carregada. E nenhum dos dois foi condenado. Uma ótima saída, eu diria.

— O coronel Luttrell não é esse tipo de homem — retruquei friamente.

— Você não pode negar que para ele seria uma dádiva dos céus se ela morresse, pode? — perguntou Allerton, enfático. — Eles não teriam acabado de ter uma discussão, por acaso?

Dei-lhe as costas com raiva, mas ao mesmo tempo um pouco perturbado com o que ele acabara de dizer. Allerton chegara perto demais da realidade. Pela primeira vez tive dúvidas sobre o episódio.

E o encontro com Boyd Carrington não me fez sentir nada melhor. Ele estivera passeando perto do lago. Quando lhe contei o que tinha acontecido, falou de estalo:

— Você não acha que ele fez de propósito, acha, Hastings?

— Meu amigo!

— Desculpe, desculpe. Não deveria ter dito isto. Foi só, você sabe, o momento... Ela, bem, ela o provocou bastante, não foi?

Ficamos em silêncio por uns momentos relembrando a cena que entreouvimos tão a contragosto.

Subi para o quarto me sentindo infeliz e preocupado e bati na porta de Poirot.

Curtiss já tinha-lhe contado o ocorrido, mas Poirot queria mais detalhes. Desde que eu havia chegado a Styles, sempre contava a Poirot minhas conversas e encontros com os maiores detalhes. Dessa maneira eu achava que meu velho amigo não se sentiria tão desligado dos acontecimentos. Dava a ele a ilusão de estar participando de tudo que acontecesse. Eu sempre tive uma excelente memória e achava bem fácil repetir as conversas, palavra por palavra.

Poirot escutava atentamente. Esperava que ele afastasse, de uma vez por todas, a terrível idéia que agora já não saía de minha cabeça, mas antes que ele tivesse a chance de me dizer o que achava, houve um leve toque na porta.

Era a enfermeira. Ela se desculpou por nos interromper.

— Ah, me desculpem, mas eu pensei que o doutor estivesse aqui. A senhora já está consciente e preocupada com o marido. Ela gostaria de vê-lo. O senhor sabe onde ele está, capitão Hastings? Não quero deixar a minha paciente.

Eu me ofereci para procurá-lo. Poirot concordou e a enfermeira me agradeceu bastante.

Encontrei o coronel Luttrell numa salinha de café que quase ninguém usava. Ele estava em pé perto da janela olhando para fora.

Virou-se rapidamente quando me ouviu chegar. Seus olhos fizeram uma pergunta. Ele me pareceu atemorizado.

— Sua esposa está consciente, coronel Luttrell, e está lhe chamando.

— Oh! — A cor voltou às suas faces e percebi então como ele estava pálido antes. Falou, devagar, tropeçando nas palavras, como um homem velho, muito velho:

— Ela... ela... está me chamando? Eu... eu... já estou indo.

Ele estava tão desequilibrado sobre as próprias pernas que peguei-o pelo braço para ajudá-lo. Ele se apoiou firme em mim e nós subimos as escadas. Sua respiração estava entrecortada. O choque tinha sido muito forte, como Franklin já havia dito.

Chegamos à porta do quarto onde estava sua esposa. Bati e a voz da enfermeira Craven, viva e segura:

— Pode entrar.

Ainda apoiado em mim, o velho entrou no quarto. Havia uma cortina em volta da cama. Fomos até a cabeceira.

A sra. Luttrell parecia muito doente, pálida e frágil com os olhos fechados. Ela os abriu quando chegamos à cabeceira.

Ela falou, numa voz baixa, sem fôlego:

— George, George...

— Daisy, minha querida...

Um de seus braços estava enfaixado e preso. O outro, livre, se moveu tremendo até o coronel. Ele se aproximou e tomou a mãozinha de sua esposa na sua. Disse outra vez:

— Daisy... — E depois, suavemente: — Graças a Deus você está bem.

E olhando para ele, vendo seus olhos úmidos e o amor e ansiedade dentro deles, senti-me envergonhado de todas as fantasias que imaginara.

Saí do quarto, de mansinho. Realmente fora um acidente. Não havia como disfarçar aquela sincera manifestação de cumplicidade. Fiquei imensamente aliviado.

O barulho do gongo me assustou. Estava atravessando o corredor e não notara que já havia passado tanto tempo. O acidente transtornou tudo. Só o cozinheiro manteve sua atividade normal e fez o jantar para a hora costumeira.

A maioria de nós não se trocou para jantar e o coronel Luttrell nem apareceu. Mas a sra. Franklin, muito bonita num vestido de noite, de um cor-de-rosa suave, tinha descido e parecia de muito bom humor. Franklin, pensei, estava absorto e taciturno.

Depois do jantar Judith e Allerton desapareceram juntos no jardim, o que muito me contrariou. Eu me sentei um pouco, ouvindo Norton e Franklin discutindo doenças tropicais. Norton sabia ouvir e se mostrava interessado e solícito mesmo que entendesse pouco do assunto em discussão.

A sra. Franklin e Boyd Carrington conversavam num outro canto da sala. Ele mostrava a ela uns padrões de cortinas e cretones.

Elizabeth Cole estava bastante entretida com um livro. Pareceu-me que ela estava um pouco sem graça e sem jeito comigo. Talvez devido às confidências que me fez naquela tarde. De qualquer jeito, eu não queria que tivesse sido assim e esperava que ela não estivesse arrependida do que me contara. Eu deveria ter dito a ela que de forma alguma revelaria seus segredos. No entanto ela não me deu chance.

Poucos minutos depois, subi para ver Poirot.

Encontrei o coronel Luttrell sentado num círculo de luz feito por uma pequena lâmpada.

Ele estava falando e Poirot escutando. Acho que o coronel falava mais para si mesmo que para Poirot.

— Eu me lembro bem, é, foi num baile. Ela estava usando um vestido de fazenda branca, parece que era tule. Todo esvoaçante. Uma moça tão bonita, fiquei encantado. Eu me disse então: "Essa é a moça com quem vou me casar." E aconteceu mesmo. Tinha um jeito muito agradável, atrevida, sabe, e bem respondona. Sempre deu tudo que tinha.

Ele deu uma risadinha.

Pude ver a cena toda na minha mente. Podia imaginar o rosto atrevido de Daisy Luttrell e sua língua insolente, tão encantadora naquela época, tão capaz de se tornar rabugenta com os anos.

Mas era naquela moça, seu primeiro amor de verdade, que o coronel Luttrell estava pensando nesta noite. A sua Daisy.

E mais uma vez me senti envergonhado com o que tinha dito poucas horas antes.

Naturalmente que, quando o coronel Luttrell afinal foi para a cama, despejei tudo para Poirot.

Ele escutou tudo, muito quieto. Não consegui perceber nada na expressão de seu rosto.

— Então foi isso que você pensou, Hastings, que ele atirou de propósito?

— Foi. Estou envergonhado de ter pensado nisso...

Poirot não considerou meus sentimentos.

— Você teve essa idéia sozinho ou alguém a sugeriu a você?

— Allerton disse algo parecido. Ele é do tipo que diria mesmo.

— Mais alguém?

— Boyd Carrington também sugeriu a hipótese.

— Ah! Boyd Carrington.

— Afinal, ele é um cidadão do mundo e tem experiência dessas coisas.

— É bem verdade, bem verdade. Ele não presenciou o acontecimento, presenciou?

— Não, ele estava passeando. Um pouco de exercício antes de trocar de roupa para o jantar.

— Sei.

Falei um pouco inquieto:

— Não acho que eu tenha realmente acreditado na hipótese. Foi só...

Poirot me interrompeu.

— Você não precisa ficar com tanto remorso só por causa de suas suspeitas, Hastings. Foi uma idéia bastante razoável de ocorrer a qualquer pessoa, dadas as circunstâncias. É muito razoável mesmo.

Havia algo na maneira de Poirot dizer aquelas coisas que não captei muito bem. Uma reserva. Seus olhos me olhavam com uma expressão muito estranha.

Lentamente, falei:

— Talvez. Mas considerando o quanto ele é devotado a ela...

Poirot concordou.

— Exatamente. Muitas vezes acontece assim mesmo. Atrás das brigas, dos desentendimentos, da hostilidade aparente da vida diária, se esconde uma afeição real e profunda.

Concordei com ele. Lembrei do olhar gentil e afetuoso da sra. Luttrell quando o marido se curvou para afagá-la. Sem impaciência, sem mau humor.

A vida de casado é uma coisa muito curiosa, fiquei pensando ao voltar ao quarto para dormir.

Aquele jeito estranho de Poirot ainda me preocupava um pouco. Aquele olhar penetrante, aguçado — como se ele estivesse esperando que eu visse alguma coisa — o quê?

Estava deitando na cama quando entendi tudo. A idéia me ocorreu de súbito.

Se a sra. Luttrell tivesse morrido, teria sido um caso como *todos aqueles casos*. Aparentemente, o coronel Luttrell teria matado sua mulher. Seria considerado um acidente, mas ao mesmo tempo ninguém teria certeza de que realmente tenha sido acidente, ou de que tivesse sido algo premeditado. Provas insuficientes para caracterizar um assassinato, mas o bastante para levantar suspeitas.

Então isso queria dizer... queria dizer que...

Queria dizer o quê?

Queria dizer — se houvesse algum sentido naquilo tudo — que *não* fora o coronel Luttrell quem atirara na sra. Luttrell, e sim X.

E isso era absolutamente impossível. Eu tinha visto tudo. Fora o coronel Lutrell quem dera o tiro. Nenhum outro tiro fora dado.

A não ser... Mas certamente que isso seria impossível. Não, talvez não impossível, mas muitíssimo improvável. Mas possível, sim... Suponhamos que alguém ficasse esperando aquele instante exato em que o coronel Luttrell atirou (num coelho) e que essa pessoa tivesse atirado na sra. Luttrell. Então só um tiro teria sido ouvido. Ou, com uma ligeira discrepância, teria sido considerado um eco. (Agora, pensando bem, tenho certeza de ter ouvido um eco.)

Não, isso era absurdo. Havia mil maneiras de saber exatamente de que arma saíra a bala que atingiu a sra. Luttrell. As marcas da bala deveriam conferir com as nervuras do cano do rifle.

Mas isso, lembrei, só aconteceria se a polícia se mostrasse interessada em estabelecer de que arma havia sido disparado o tiro. E naquele caso isso não aconteceria, porque o coronel Luttrell estava certo de que ele e ninguém mais teria atirado, e havia várias testemunhas. O fato seria admitido sem sombra de dúvida; não haveria testes. A única dúvida seria se o tiro fora acidental ou com intenções criminosas — uma questão que nunca seria resolvida.

E assim o caso caía na mesma linha dos outros — no do camponês Riggs que não se lembrava mas acreditava que teria atirado; no de Maggie Litchfield, que, fora de si, se entregou um crime que não cometeu.

É, esse caso encaixava direitinho com os outros e agora entendi por que Poirot estava daquele jeito. Ele estava esperando que eu percebesse o acontecido.

Capítulo 10

I

Toquei no assunto com Poirot na manhã seguinte e ele apreciou muito que eu tivesse percebido.

— Excelente, Hastings, fiquei imaginando se você perceberia a similaridade. Não queria forçar, você sabe.

— Então estou certo. Esse é um outro caso X?

— Sem dúvida alguma.

— Mas *por quê*, Poirot? Qual é o motivo?

Poirot fez que não sabia.

— Você não sabe? Não tem nenhuma idéia?

Poirot falou, lentamente:

— Sim, eu tenho uma idéia.

— Você conseguiu achar a ligação entre os diversos casos?

— Acho que sim.

— Então diga, ora.

Não podia esconder minha impaciência.

— Não, Hastings.

— Mas eu tenho de saber.

— É muito melhor que você não saiba.

— Por quê?

— Você deve acreditar em mim, assim é melhor.

— Você é incorrigível — falei. — Todo curvado de artrite. Sentado aí indefeso. E continua jogando sozinho.

— Não diga isso, Hastings. Não estou jogando nada sozinho. Não mesmo. Pelo contrário, você está bem no centro dos acontecimentos. Você é os meus olhos e ouvidos. Só me recuso a fornecer informações perigosas.

— Para mim?

— Para o assassino.

— Você não quer que ele suspeite que você está atrás dele, não é? Parece que é isso. Ou então você acha que eu não posso me virar sozinho.

— Você deveria ao menos saber uma coisa, Hastings. Um homem que já matou uma vez matará outra e outra e outra e outra.

— De qualquer forma, dessa vez não houve assassinato. Uma bala pelo menos se perdeu.

— É, isso foi muito bom, muito bom mesmo. Como eu já lhe havia dito, essas coisas são difíceis de prever.

Ele suspirou. Seu rosto se transformou numa expressão preocupada.

Saí devagar, refletindo com tristeza sobre a incapacidade de Poirot para qualquer esforço maior. Seu cérebro ainda estava aguçado, mas ele era um homem doente e cansado.

Poirot havia-me avisado para que não tentasse penetrar na personalidade de X. Mas para mim, eu continuava a acreditar que já penetrara. Só havia uma pessoa em Styles que eu considerava definitivamente má. Com uma simples pergunta, no entanto, eu poderia ter certeza de uma coisa. O teste teria um caráter negativo, mas, de qualquer forma, teria algum valor.

Depois do café fui atrás de Judith.

— Onde você tinha estado ontem à noite, quando a encontrei, você e o major Allerton?

O problema é que quando você está interessado num aspecto da questão você se esquece de considerar todos os outros. Fiquei bastante surpreso quando Judith se enfureceu.

— Realmente, papai, não sei o que é que você tem com isso.

Olhei para ela, sem reação.

— Eu... eu só estava perguntando.

— Eu sei. Mas *por quê*? Por que você tem sempre que ficar fazendo perguntas? O que eu estava fazendo? Onde eu fui? Com quem eu estava falando? Isso está ficando realmente intolerável!

O engraçado nisso tudo é que dessa vez eu não estava nada interessado em saber onde Judith estivera. Era Allerton que me interessava.

Tentei acalmá-la.

— Mas, Judith, será que não posso fazer uma simples perguntinha?

— Não entendo por que você quer saber.

— Não quero saber, realmente. Isto é, só estava pensando se nenhum de vocês dois... er... saberia do que aconteceu ontem.

— Ah, você quer dizer o acidente? Eu estava na cidade comprando uns selos, já que você insiste.

Prestei bastante atenção ao pronome pessoal.

— Então Allerton não estava com você?

Judith bufou de raiva.

— Não, não estava — falou com nuances de fúria. — Eu só o encontrei perto da casa e só uns dois minutos antes de encontrar você. Espero que esteja satisfeito. Mas se eu tivesse passado o dia inteiro com o major Allerton, você não teria nada com isso. Tenho 21 anos, me sustento, e como uso meu tempo não é nem um pouco de sua conta.

— Nem um pouco — falei, tentando amenizar a enxurrada.

— Ainda bem que você concorda — Judith estava mais calma. Deu um sorrisinho sentido. Ah, meu querido, tente não ser tão superpai. Você não sabe o quanto é irritante. Se você não se *intrometesse* tanto...

— Não vou me intrometer, realmente não vou te aborrecer mais com essas coisas — prometi a ela.

Franklin vinha passando nesse mesmo instante.

— Oi, Judith. Vamos andando. Estamos atrasados.

Sua atitude foi áspera e muito pouco educada. Eu sei que não devia, mas fiquei bastante aborrecido. Sabia que Franklin era o patrão de Judith, que tinha um compromisso de certas horas de trabalho com ela e, como ele pagava pelo trabalho, podia dar-lhe ordens. Mesmo assim não via por que não podia ser um pouco mais cortês. Ninguém poderia dizer que seus modos eram elegantes, mas pelo menos com a maioria das pessoas ele era educado. Mas com Judith, especialmente nos últimos tempos, suas atitudes eram extremamente ásperas e autoritárias. Ele quase nem olhava para ela ao falar e simplesmente vociferava as ordens. Judith não parecia se importar, mas eu me importava por ela. E me passou pela cabeça que isso era ainda mais desagradável se comparado à atenção exagerada de Allerton. Sem dúvida que John Franklin era dez vezes melhor que Allerton, mas comparando as duas atitudes Franklin perdia longe, em termos de atração.

Fiquei olhando Franklin enquanto ele se dirigia ao laboratório, seu andar desajeitado, sua postura rígida, os ossos salientes do rosto e da cabeça, o cabelo ruivo e as sardas. Um homem feio e desajeitado. Nenhuma das qualidades mais comuns. Uma boa cabeça, mas as mulheres muito raramente se encantam só pela inteligência. E tinha uma coisa que me desanimava: devido às circunstâncias de seu emprego, Judith praticamente não tinha contato com qualquer outro homem. Não tinha oportunidade de julgar, comparar, conhecer outros homens. Comparado com Franklin, sem graça e horroroso, Allerton, com seu charme agressivo, se destacava com toda a força do contraste. Minha pobre filha não tinha possibilidade de considerá-lo pelo que realmente era.

E se ela se apaixonasse mesmo por ele? A irritação que mostrara era um sinal inquietante. Eu sabia que Allerton era um crápula. E possivelmente mais alguma coisa... Se Allerton fosse X...?

Ele bem que poderia ser. Na hora do tiro ele não estava com Judith.

Mas qual era o motivo de todos esses crimes supostamente sem sentido? Estava certo de que não havia nada de anormal com Allerton. Ele era são. Ao mesmo tempo são e bastante inescrupuloso.

E Judith, a minha Judith, metida com um sujeito desses.

II

Até esse momento, embora estivesse vagamente preocupado com minha filha, minhas preocupações com X e com a possibilidade de ocorrer um crime a qualquer momento tinham varrido de minha mente qualquer problema de ordem pessoal.

Agora que acontecera o esperado, que um crime fora tentado e misericordiosamente falhara, eu estava livre para meditar sobre essas coisas. E quanto mais eu o fazia, mais ficava ansioso. Uma palavra ao acaso me revelou que Allerton era casado.

Boyd Carrington, que sabia tudo sobre todos, me esclareceu ainda uns pontos. A esposa de Allerton era uma católica devota. Ela o tinha abandonado pouco depois do casamento. Devido à sua religião nunca havia cogitado a hipótese de divórcio.

— E acho — disse Boyd Carrington, com franqueza — que para aquele sujeitinho essa situação até que é conveniente. Suas intenções nunca são das melhores e com uma esposa ao fundo suas conquistas ficam bem mais fáceis.

Palavras doces para os ouvidos de um pai!

Os dias que se passaram depois do acidente foram aparentemente calmos, mas, de minha parte, foram acompanhados de uma crescente inquietação interior.

O coronel Luttrell passava a maior parte do tempo no quarto da esposa. Uma enfermeira havia chegado para tomar conta da paciente e a srta. Craven pôde voltar a cuidar da sra. Franklin.

Sem querer usar de má-fé com a sra. Franklin, devo dizer, no entanto, que observei nela sinais de desagrado por não ser a doen te *en chef*. O excesso de atenções centralizado na sra. Luttrell era claramente desagradável para a mulherzinha que estava acostumada a ter sua saúde como principal tópico das conversas do dia.

Ficava sentada na cadeira de lona, a mão no peito, reclamando de palpitação. Nenhuma comida estava boa para ela, e todas as suas exigências eram mascaradas por um verniz de resignação.

— Eu realmente detesto causar esses transtornos todos — murmurou ela se lamentando para Poirot. — Fico tão envergonhada por essa minha péssima saúde. É tão... tão *humilhante* sempre ter de ficar pedindo tudo para os outros. Às vezes fico achando que doença é um crime. Se uma pessoa não é saudável e insensível, não está pronta para enfrentar esse mundo e deve ser tranqüilamente posta de lado.

— Mas, não, madame — respondeu Poirot, como sempre galante. — A delicada e exótica flor tem que ter a proteção da estufa, não pode suportar o vento frio. É a planta ordinária que viceja no frio inverno, mas não é por isso que ela deve ser considerada melhor. Veja o meu caso, paralítico, torto, sem poder andar, mas eu, eu não penso em desistir da vida. Ainda aproveito o que posso, a comida, a bebida, os prazeres do intelecto.

A sra. Franklin suspirou e disse baixinho:

— Ah, mas com o senhor é diferente. Você só tem a si próprio para considerar. No meu caso, há o coitado do John. Sinto perfeitamente o quanto eu sou uma cruz para ele. Uma esposa doente e que não serve para nada. Uma pedra amarrada no pescoço dele.

— Mas ele nunca disse que a senhora era isso para ele.

— Ah, não. Não *disse*. Claro que não. Mas os homens são transparentes, os pobrezinhos. E John não sabe disfarçar seus sentimentos. Ele não tem a intenção de magoar, mas ele é... bem, pelo menos isso é bom para ele... uma pessoa extremamente insensível. Não tem sentimentos e pensa que ninguém mais tem também. Ele tem tanta sorte de ter nascido com uma couraça natural.

— Eu não diria que o dr. Franklin tem uma "couraça natural".

— Não? Mas o senhor não o conhece como eu. Naturalmente, sei que se não fosse por mim ele estaria muito mais livre. Às vezes, fico tão deprimida que chego a pensar no alívio que seria se tudo acabasse logo de uma vez.

— Mas o que é isso, minha senhora.

— Afinal, o que é que alguém pode querer de mim? Ah, sair disso tudo e mergulhar no eterno desconhecido... — balançou a cabeça. — E aí John ficaria livre.

— Grandes bobagens — disse a enfermeira Craven quando lhe contei essa conversa. — Ela não vai fazer nada disso. Não precisa se preocupar, capitão Hastings. Essas que falam em "acabar com tudo" numa voz mortiça não têm a menor intenção de realmente embarcar para o eterno desconhecido...

E devo acrescentar que, logo que a agitação em torno da sra. Luttrell terminou e a enfermeira Craven voltou a ficar com ela, a sra. Franklin melhorou muitíssimo...

Numa manhã excepcionalmente bonita, Curtiss levou Poirot para debaixo de umas árvores perto do laboratório para tomar um pouco de ar. Esse era o lugar favorito de Poirot. Era protegido do vento leste e praticamente não ventava ali. E isso era bom para Poirot que abominava qualquer corrente de ar e estava sempre com um pé atrás para tomar ar fresco. Na realidade, eu acho que Poirot preferiria estar dentro de casa mas aprendeu a tolerar os momentos que passava nos jardins, desde que todo encapotado.

Fui até ele e, quando estava chegando, vi a sra. Franklin saindo do laboratório.

Estava muito bem vestida e parecia extremamente feliz. Explicou que iria com Boyd Carrington ver a mansão dele e dar umas idéias sobre a decoração.

— Deixei minha bolsa ontem no laboratório quando vim falar com John — explicou. — Coitado do John, ele e Judith foram até Tadcaster para comprar um reativo químico ou coisa parecida que estava faltando.

Ela se afundou numa cadeira perto de Poirot e balançou a cabeça com uma expressão meio cômica.

— Pobrezinhos, ainda bem que não tenho esse gosto pela ciência. Num dia lindo como esse, essas coisas parecem tão pueris...

— A senhora não deve deixar que os cientistas a ouçam dizendo isso.

— Não, claro que não — sua expressão se transformou. Ficou séria, e falou calmamente: — O senhor não deve pensar, M. Poirot, que não admiro meu marido. Admiro e muito. Só acho que o tempo e a energia que ele gasta com seu trabalho são realmente fantásticos.

Houve um pequeno tremor na sua voz.

Tive a impressão de que talvez a sra. Franklin gostasse de assumir diversos papéis. Nesse momento ela estava sendo a esposa leal e adoradora do marido.

Ela se curvou um pouco para a frente, e pôs a mão no joelho de Poirot com toda a emoção.

— John — ela disse — é realmente uma espécie de *santo*. Às vezes isso me assusta bastante.

Chamar Franklin de santo era exagerar um pouco as coisas, mas Barbara Franklin continuou, seus olhos brilhando.

— Ele faz qualquer coisa, assume qualquer risco, simplesmente para aumentar o cabedal de conhecimento da humanidade. Isso é extraordinário, o senhor não acha?

— Certamente, certamente — assentiu Poirot.

— Mas, o senhor sabe, algumas vezes me preocupo muito com ele. Até onde ele vai, digo. Esse tal grãozinho horrível que ele está experimentando agora. Tenho tanto receio de ele experimentar nele mesmo.

— Ele tomaria todas as precauções, sem dúvida — falei.

Ela fez que não com a cabeça e sorriu um pouco sentida.

— O senhor não conhece John. O senhor nunca ouviu sobre o que ele fez com aquele novo gás?

Balancei negativamente a cabeça.

— Era um gás novo que queriam conhecer melhor. John se ofereceu para fazer o teste. Fecharam-no dentro de um tanque por umas 36 horas, tomando o pulso, a temperatura e a respiração, para observar os efeitos colaterais e compará-los com os efeitos do gás nos animais. Foi um risco terrível, segundo me informou depois um dos cientistas. Ele poderia facilmente ter morrido. Mas John é assim mesmo, sem o menor cuidado com sua segurança pessoal. Acho que é maravilhoso ser assim, não é? *Eu* nunca teria toda essa coragem.

— Realmente, é preciso muita coragem para fazer essas coisas assim friamente — disse Poirot.

Barbara Franklin respondeu:

— É isso mesmo. Tenho muito orgulho dele, o senhor sabe, mas ao mesmo tempo isso tudo me deixa muito preocupada. Porque, veja bem, chega um ponto em que os coelhos, as rãs, não servem mais. É necessário a reação humana. Por isso fico tão horrorizada assim, pensando que, John servindo de cobaia para aquele grão terrível, alguma coisa possa lhe acontecer — ela suspirou e meneou a cabeça. — Mas ele fica rindo dos meus receios. Ele realmente *é* uma espécie de santo, sabem.

Neste momento, Boyd Carrington veio em nossa direção.

— Está pronta, Babs?

— Estou, Bill. Estava esperando por você.

— Espero que o passeio não a canse muito.

— Não vai me cansar nada. Não me sinto tão bem assim, há séculos.

Ela se levantou, sorriu para nós dois, e saiu andando pelo jardim com seu simpático acompanhante.

— Dr. Franklin, o santo da nossa era, hum — fez Poirot.

— Ela mudou radicalmente de atitude, não? Mas eu acho que é assim mesmo.

— Assim como?

— Sabe como ela é, chegada a uma dramatização de si mesma em diversos papéis. Um dia a esposa rejeitada, incompreendida, depois a mulher sofredora, abnegada, que detesta ser uma cruz para o homem amado. Hoje é a esposa adorando seu herói. O problema é que em todos esses papéis ela é muito exagerada.

Poirot falou pensativo:

— Você acha a sra. Franklin meio idiota, não acha?

— Bem, não chegaria a tanto... mas não é lá muito brilhante, digamos assim.

— Ah, ela não é seu tipo.

— Quem é meu tipo? — perguntei de estalo.

Poirot respondeu de uma forma totalmente inesperada.

— Abra a boca e feche os olhos e veja o que a boa fada trouxe para você...

Fui impedido de responder porque a enfermeira Craven vinha chegando. Sorriu para nós, radiosa, destrancou a porta do laboratório, entrou e logo depois apareceu segurando um par de luvas.

— Primeiro o lencinho, agora as luvas, está sempre esquecendo alguma coisa — observou ela enquanto passava por nós correndo para onde Barbara Franklin e Boyd Carrington estavam esperando.

A sra. Franklin, pensei comigo, era daquele tipo fútil de mulher que sempre esquece as coisas, largando seus pertences em qualquer lugar e esperando que todo mundo os devolvesse como se fosse tudo muito natural, e ainda por cima ficava muito envaidecida por ser tudo desse jeito. Já a tinha ouvido falar mais de uma vez, e com muito orgulho, diga-se de passagem: "Claro, eu vivo com a cabeça *no ar*."

Fiquei olhando a enfermeira enquanto ela corria pelo jardim até perdê-la de vista. Ela corria bem, o corpo vigoroso e bem torneado. Num ímpeto, disse:

— Imagino que uma mulher assim deve se chatear com uma vida dessas. Quero dizer, quando não há muito que fazer pelo paciente, só um ir e vir apanhando coisas. A sra. Franklin não é muito delicada e tem muito pouca consideração.

A resposta de Poirot foi especialmente desagradável. Sem nenhuma razão, fechou os olhos e disse:

— Cabelos castanhos, avermelhados.

Sem dúvida, a enfermeira tinha cabelos castanhos, avermelhados, mas não entendia por que Poirot escolhera aquele momento para comentar isso.

Não respondi.

Capítulo 11

Se me lembro bem, foi na manhã seguinte, antes do almoço, que houve uma conversa que me deixou vagamente inquieto.

Nós estávamos juntos — quatro de nós, Judith, eu, Boyd Carrington e Norton.

Exatamente como o assunto começou não tenho bem certeza, mas estávamos conversando sobre eutanásia — opiniões a favor e contra.

Boyd Carrington, como sempre, era o que falava mais. Norton dizendo uma coisinha aqui e ali e Judith quieta, sentada, prestando muita atenção.

Eu, particularmente, confessei que, apesar de haver inúmeras razões para se praticar a eutanásia, sentia uma certa repulsa emocional à idéia. Além do mais, eu disse, era pôr muito poder na mão dos parentes.

Norton concordou comigo. Acrescentou que, na sua opinião, só poderia ser feita com o desejo e consentimento do próprio paciente desde que a morte depois de muita dor e sofrimento fosse inevitável.

Boyd Carrington disse:

— Ah, mas aí é que a coisa é curiosa. A pessoa mais envolvida em "livrar-se da cruz" como nós dizemos, estará ela disposta a isso?

Então ele contou uma história que dizia ser verdadeira, de um homem com uma dor terrível de um câncer sem cura. Esse homem implorou ao médico de plantão “alguma coisa que desse um fim a tudo aquilo”. O médico no entanto respondeu: “Não pode ser, meu senhor.” Mais tarde, quando saiu do quarto, deixou umas cápsulas de morfina na mesa, explicando ao paciente quantas ele deveria tomar com segurança e qual dose seria perigosa. Embora essas pílulas estivessem sob total responsabilidade do paciente e ele pudesse tranqüilamente ter tomado uma dose fatal, se quisesse, ele não o fez.

— O que prova — acrescentou Boyd Carrington — que, apesar do palavrório, o homem preferiu o sofrimento a uma libertação rápida e piedosa.

Foi então que Judith falou pela primeira vez, com vigor e um pouco bruscamente:

— Mas é claro que iria preferir a vida. Mas ele não devia ter o poder de decidir sobre isso.

Boyd Carrington perguntou o que ela queria dizer com aquilo.

— Quero dizer que qualquer pessoa que está fraca, doente, sofrendo, não tem força para tomar uma decisão dessas. Eles não conseguem. A decisão deve ser tomada por outra pessoa. É dever de uma pessoa que os ame decidir.

— Dever? — perguntei.

Judith virou-se para mim.

— É, *dever*. De alguém que tenha a cabeça no lugar e que esteja disposto a assumir a responsabilidade.

Boyd Carrington deu de ombros:

— E que termine na cadeia acusado de assassinato?

— Não necessariamente. E se você realmente amasse alguém, você se arriscaria.

— Mas Judith, veja bem — disse Norton —, o que você está sugerindo é simplesmente uma responsabilidade terrível com que arcar.

— Não acho. As pessoas têm muito medo de responsabilidades. Elas assumem responsabilidades quando está em jogo o cachorro delas, então por que não com um ser humano?

— Bem, é um pouco diferente, não é?

— É... é mais importante.

Então Norton murmurou:

— Você me deixa estupefato.

Boyd Carrington perguntou curioso:

— Então *você* assumiria esse risco?

— Acho que sim. Não tenho medo de assumir riscos.

Boyd Carrington balançou a cabeça.

— Não funcionaria, sabe. Você não pode ter mil pessoas por toda parte, decidindo assuntos de vida e de morte, assim, acima da lei.

Norton disse:

— Na verdade, Boyd Carrington, a maioria das pessoas não teria *coragem* de assumir essa responsabilidade — deu um leve sorriso para Judith. — Não acredito que você chegasse a esse ponto.

Judith afirmou com serenidade:

— Nunca se sabe, é claro. Eu acho que chegaria.

Norton então piscou levemente os olhos:

— Só se você tivesse que tomar essa decisão com alguém muito ligado a você.

Judith ficou vermelha como um pimentão. E disse rispidamente:

— Isso mostra que você não está entendendo nada. Se eu tivesse um... um motivo pessoal, eu não poderia fazer nada. Vocês não vêem? — ela se dirigia agora a todos nós. — Tudo tem de ser absolutamente impessoal. Você só poderia assumir a responsabilidade de... de acabar com a vida de uma pessoa se você estivesse bem certa da razão. Tem de ser feito com a mais absoluta abnegação.

— Mesmo assim — disse Norton —, você não faria.

Judith insistiu:

— Faria sim. Para princípio de conversa, não dou tanto valor assim à vida como vocês aí dão. Vidas inúteis, vidas sem o menor propósito, todas essas deviam ser jogadas para fora do barco. Há tanta *porcaria* por aí. Só as pessoas que podem efetivamente contribuir para o bem-estar da comunidade é que devem poder viver. Os outros devem ser descartados com uma morte indolor.

Ela apelou subitamente para Boyd Carrington.

— O senhor concorda comigo, não concorda?

Ele respondeu bem devagar:

— Em princípio, sim. Só os capazes devem sobreviver.

— O senhor não tomaria a lei em suas próprias mãos se necessário?

Boyd Carrington, ainda cauteloso:

— Talvez. Não sei...

Norton falou calmamente:

— Muitas pessoas concordariam com você na teoria. Mas na prática é diferente.

— Isso não é lógico.

Norton replicou impaciente:

— Claro que não é. É na realidade uma questão de *coragem*. Para falar mais claramente, ninguém tem *peito*.

Judith ficou calada. Norton foi em frente.

— Sabe, Judith, lhe digo francamente, com você seria a mesma coisa. Você não teria coragem se acontecesse um caso desses com você.

— Você acha?

— Não somente acho, como tenho certeza absoluta.

— Acho que você está enganado, Norton — disse Boyd Carrington. — Acho que Judith tem muita coragem. Mas felizmente esses casos não acontecem assim com freqüência.

O gongo soou para o almoço.

Judith se levantou.

Ela se dirigiu a Norton com palavras bem claras:

— Você está enganado, sabe. Eu tenho mais... mais coragem do que você pensa.

E entrou rapidamente para almoçar. Boyd Carrington foi atrás dizendo:

— Hei, espere por mim, Judith.

Fui atrás, me sentindo, por alguma razão que não podia discernir, um pouco desanimado. Norton, que sempre percebia rapidamente como os outros estavam se sentindo, veio me consolar.

— Ela não está falando sério. É o tipo da idéia que fica em embrião quando se é jovem, mas que felizmente não se leva adiante. Fica só na conversa.

Acho que Judith escutou, porque ela lançou um olhar furioso para trás.

Norton abaixou a voz:

— As teorias não precisam preocupar ninguém. Mas veja bem, Hastings...

— Sim?

Norton parecia um pouco sem graça. Falou:

— Não quero me intrometer, mas o que você sabe sobre Allerton?

— Allerton?

— É, me desculpe se estou sendo mexeriqueiro, mas francamente, se eu fosse você, não deixaria sua filha conviver tanto com ele. Ele é... bem, sua reputação não é lá muito boa, sabe como é...

— Sei muito bem que patife ele é — respondi, com amargura. — Mas hoje em dia não é tão fácil assim.

— Ah, eu sei. As moças podem tomar conta de si mesmas, como dizem agora. E a maioria pode mesmo. Mas... bem... Allerton tem uma técnica especial para esse tipo de mulher. — Hesitou um pouco, e então prosseguiu: — Olhe aqui, sinto que tenho de contar isso a você. Que fique só entre nós, naturalmente, mas acontece que sei de uma coisa bastante sórdida sobre esse sujeito.

Ele me contou tudo ali mesmo — e eu mais tarde pude verificar cada detalhe. Era uma história revoltante. A história de uma moça, segura, moderna, independente. Allerton jogou toda sua técnica em cima dela. Mais tarde apareceu o outro lado da história — a moça desesperada se suicidou com uma dose excessiva de veronal.

E a parte terrível era que a moça dessa história era do mesmo tipo de Judith, independente, culta. O tipo de moça que quando se apaixona, se apaixona tão desesperadamente, com tanto interesse, que uma dessas meninas bobinhas apaixonadas nunca poderia imaginar como seria.

Entrei para o almoço com um terrível pressentimento.

Capítulo 12

I

— Alguma coisa o está preocupando, *mon ami*? — perguntou Poirot, naquela tarde.

Não respondi, só fiz que não com a cabeça. Senti que não deveria amolar Poirot com um problema puramente pessoal. De qualquer forma ele não poderia me ajudar.

Judith consideraria qualquer repreensão da parte dele com o sorriso desligado dos jovens para com os conselhos tediosos dos velhos.

Judith, a minha Judith...

Hoje em dia é difícil descrever o que senti exatamente naquele dia. Com o tempo, pensando no assunto, estou inclinado a pôr um pouco da culpa na atmosfera de Styles. Era um local propício ao surgimento de preocupações profundas. Não havia somente um passado, mas também um presente sinistro. O espectro do assassino e de um assassinato assombrava a casa.

E eu acreditava piamente que o assassino era Allerton e que Judith estava se apaixonando por ele! Era inacreditável — monstruoso — e eu não sabia o que fazer.

Depois do almoço Boyd Carrington me puxou para conversar. Hesitou bastante antes de chegar ao âmago da conversa. Afinal falou, um pouco titubeante:

— Não pense que eu estou querendo interferir, mas acho que você devia ter uma conversa com sua filha. Avise a ela, hem?

Você sabe, esse Allerton tem reputação muito ruim, e ela, bem, parece que está caída por ele.

Tão fácil para esses homens que não têm filhos falarem assim! Aconselhá-la?

De que adiantaria? Não pioraria a situação?

Ah, se Cinders estivesse aqui. Ela saberia o que fazer, o que dizer.

Devo admitir que estava muito tentado a não falar nada com ela. Mas refleti um pouco e cheguei à conclusão de que ficar em paz dessa maneira era uma covardia de minha parte. Recuei diante da possibilidade de ter uma conversa séria com Judith. Vejam bem, eu estava com medo de minha linda e altiva filha.

Fiquei andando de um lado para o outro no jardim, enquanto a agitação em minha mente aumentava. Meus passos me levaram, enfim, ao jardim das rosas, e lá a decisão saiu de meu controle, porque Judith estava justamente sentada lá sozinha, e em toda minha vida nunca tinha visto expressão maior de tristeza num rosto de mulher.

As máscaras caíram. Indecisão e profunda infelicidade estavam claramente estampadas em seu rosto.

Tomei coragem e fui até ela. Ela só me ouviu chegando quando eu já estava ao seu lado.

— Judith. Pelo amor de Deus, Judith, não fique assim.

Ela virou-se para mim, surpresa.

— Papai? Nem ouvi você chegar.

Continuei falando, sabendo que não teria chance se ela conseguisse me levar de volta às conversas normais do dia-a-dia.

— Minha filha adorada, não pense que eu não sei, que não vejo. Ele não vale tudo isso, pode acreditar em mim, ele não vale tudo isso.

Seu rosto, perturbado, alarmado, virou-se para mim. Ela respondeu com a maior calma:

— Você acha mesmo que sabe do que está falando?

— Sei sim. Você está envolvida com esse homem. Mas minha querida, ele não presta.

Ela deu um sorriso sombrio. Um sorriso profundamente comovente.

— Talvez eu saiba disso melhor do que você.

— Não sabe não. Não pode saber. Ah, Judith, que futuro você vê nessa relação? Ele é um homem casado. O que é que poderia sair daí? Só tristeza e vergonha, e depois tudo terminado, com você sofrendo amargamente.

Seu sorriso ficou mais largo. Ainda mais triste.

— Você está bastante fluente, hein?

— Desista de tudo, Judith... desista de tudo.

— Não!

— Ele não vale a pena, minha querida.

Ela respondeu num tom baixo e calmo:

— Ele vale tudo o que há de mais caro para mim.

— Não, Judith, não, eu lhe peço...

O sorriso sumiu. Virou-se para mim furiosa.

— Como é que você se atreve a me falar assim? A interferir dessa maneira? Nunca mais fale comigo assim. Eu te detesto, detesto. Você não tem nada com isso. A vida é *minha*, minha vida particular.

Ela se levantou. Com a mão firme me empurrou para o lado e foi embora. Estava furiosa. Fiquei olhando para ela, desanimado.

II

Ainda fiquei lá sentado, por mais uns 15 minutos, surpreso e indefeso, incapaz de achar uma maneira melhor de agir.

Ainda estava lá quando Elizabeth Cole e Norton me encontraram.

Percebi mais tarde que foram muito gentis comigo. Eles viram, devem ter visto, que eu me encontrava num estado de profunda perturbação. Mas com muito tato, não fizeram qualquer alusão a isso. Eles me levaram para dar um passeio. Os dois amavam a natureza. Elizabeth Cole me mostrava as flores e Norton me mostrava os pássaros pelo binóculo.

A conversa deles era suave, reconfortante, só sobre penugens e plantas do bosque. Pouco a pouco fui voltando ao estado normal, embora bem no fundo ainda me sentisse profundamente abalado.

Estava sobretudo convencido, como todo mundo nessas circunstâncias, de que tudo que acontecia a minha volta tinha uma relação qualquer com minha perplexidade interna.

Assim, quando Norton, olhando pelo binóculo, exclamou:

— Olhe lá, se não é um pica-pau malhado. Eu nunca... — e então parou de súbito, e suspeitei de alguma coisa imediatamente. Pedi para ele me passar o binóculo.

— Deixe-me ver — minha voz foi decisiva.

Norton se atrapalhou todo com o binóculo. E falou num tom hesitante muito estranho:

— Eu, eu me enganei. Já voou... e na verdade era um pássaro muito comum.

Seu rosto estava pálido e perturbado. Evitava olhar para nós. Parecia ao mesmo tempo surpreso e nervoso.

Até hoje não considero de todo equivocado ter pensado que o que ele vira pelo binóculo era alguma coisa que estava determinado a que eu não visse.

O que quer que seja que ele tenha visto, o fez ficar tão abatido que nós dois logo notamos.

Seu binóculo estava na direção de uma parte distante do bosque. O que ele vira lá?

Falei decisivamente:

— Deixe-me dar uma olhada.

Peguei o binóculo. Eu me lembro que ele tentou me impedir de apanhá-lo, mas não conseguiu. Apanhei-o com força.

Norton então falou baixinho:

— Não era realmente um... quer dizer, o pássaro já voou. Espero que...

Minhas mãos tremiam um pouco, ajustei as lentes para a minha vista. O binóculo era muito bom, de grande alcance. Coloquei-o o mais próximo que pude da direção em que Norton estava olhando.

Mas não vi nada, nada além de um vislumbre de branco (o vestido branco de alguma moça?) desaparecendo entre as árvores.

Abaixei o binóculo. Sem dizer palavra, entreguei-o de volta a Norton. Ele não conseguiu me olhar nos olhos. Parecia preocupado e perplexo.

Nós voltamos juntos para a casa e ainda recordo que Norton não deu um pio até chegarmos lá.

III

A sra. Franklin e Boyd Carrington chegaram logo depois de entrarmos em casa. Ele a levara a Tadcaster porque ela queria fazer umas compras.

E pelo que percebi tinha feito muitas compras. Muitos pacotes foram tirados de dentro do carro e ela estava muito animada, falando, rindo e bastante corada.

Ela pediu a Boyd Carrington que levasse para cima um pacote especialmente frágil e fui gentilmente agraciado com outro embrulho.

Ela falava de forma mais rápida e nervosa que o normal.

— Que calorão, hem? Acho que vamos ter uma tempestade. Esse tempo tem de mudar logo. Estão dizendo, sabe, que está faltando muita água. A pior seca dos últimos anos.

Continuou falando, agora para Elizabeth Cole:

— O que vocês estavam fazendo? Onde está John? Ele disse que estava com dor de cabeça e que ia dar uma volta. Ele quase nunca tem dores de cabeça. Sabe o que acho? Ele está é preocupado com suas experiências. Elas não vão indo muito bem, ou coisa parecida. Eu queria tanto que ele me contasse mais sobre essas coisas.

Ela fez uma pausa e depois se dirigiu a Norton:

— O senhor está tão calado, sr. Norton. Está com algum problema? O senhor parece... parece tão assustado. Não viu o fantasma daquela senhora não sei de quê, viu?

Norton ficou surpreso.

— Não, não vi nenhum fantasma. Estava só... só pensando.

Foi naquele momento que Curtiss chegou trazendo Poirot na cadeira de rodas.

Parou com ela no *hall*, para depois pegar seu patrão e carregá-lo para cima.

Poirot, seus olhos subitamente alertas, olhou para cada um de nós.

Falou com uma certa rispidez:

— O que há? Aconteceu alguma coisa?

Nenhum de nós respondeu de imediato, mas depois Barbara Franklin deu um risinho artificial e disse:

— Não, claro que não. O que poderia ter acontecido? É só, talvez, a chegada de uma tempestade? Eu, puxa vida, eu estou tremendamente cansada. Por favor, capitão Hastings, traga essas coisas para cima, sim. Muito agradecida.

Subi atrás dela pelas escadas e até a ala esquerda. Seu quarto era o último daquele lado.

A sra. Franklin abriu a porta. Eu estava atrás dela com os braços cheios de embrulhos.

Ela parou subitamente na entrada. Perto da janela a enfermeira Craven estava lendo a mão de Boyd Carrington.

Ele olhou para nós e deu uma risadinha acanhada.

— Olá, ela está lendo a minha sorte. A enfermeira é uma cartomante fantástica.

— É mesmo? Não conhecia esses predicados dela — a voz de Barbara Franklin estava bem aguda. Não podia imaginar que ela pudesse ficar tão aborrecida com a enfermeira Craven. — Por favor, apanhe essas coisas, sim, enfermeira. E por favor me prepare uma gemada também. Estou muito cansada. E um saco de água quente. Quero ir para a cama o mais cedo possível.

— Sim, senhora.

A enfermeira se levantou. Não aparentava nenhum sentimento, a não ser consciência profissional.

A sra. Franklin disse então:

— Por favor, Bill, vá embora, estou extremamente cansada.

Boyd Carrington parecia muito preocupado.

— Oh, Babs, o passeio a cansou demais? Por favor, *me desculpe*. Que idiota eu fui. Não deveria ter deixado você se cansar tanto.

A sra. Franklin deu aquele sorriso angelical de mártir.

— Eu não queria dizer nada. Detesto ser *cansativa*.

Nós, os dois homens, saímos, um pouco embaraçados, e deixamos as duas mulheres no quarto.

Boyd Carrington então falou arrependido:

— Fui um perfeito idiota. Barbara parecia tão contente que esqueci totalmente que ela estaria se cansando. Espero que não esteja muito mal.

Respondi mecanicamente:

— Nada! Com uma noite de sono, ela estará perfeita pela manhã.

Ele desceu as escadas. Hesitei um pouco, e resolvi ir para meu quarto, e depois ao de Poirot. O homenzinho decerto estava me esperando. Pela primeira vez estava um pouco relutante em ir ter com ele. Eu tinha tanto em que pensar, e ainda estava sentindo aquela dor enjoada no estômago.

Andei lentamente pelo corredor.

Ao passar pelo quarto de Allerton ouvi umas vozes. Eu não acho que queria, conscientemente, ficar escutando, mas fiquei parado ali uns instantes. De repente, a porta se abre e Judith sai de lá de dentro.

Ela parou de estalo quando me viu. Peguei-a pelo braço e empurrei-a até meu quarto. Subitamente fiquei com muita raiva, muita raiva mesmo.

— O que você fazia no quarto daquele sujeito?

Ela ficou olhando fixo para mim. Não havia raiva em seu olhar, somente uma imensa frieza. Por alguns segundos não respondeu.

Sacudi-a pelo braço.

— Não vou admitir isso, está entendendo? Você não sabe o que está fazendo.

Então ela respondeu com a voz baixa, e muito mordaz:

— Você tem uma mente absolutamente imunda.

Respondi ironicamente:

— Suponho que sim... É uma acusação que sua geração sempre gosta de lançar à minha. Pelo menos nós temos certos padrões. Entenda bem isso, Judith. Eu a proíbo terminantemente de ter qualquer relação, de que tipo for, com aquele homem.

Ela olhou fixo para mim mais uma vez e disse calmamente:

— Ah, então é isso.

— Você nega que está apaixonada por ele?

— Não.

— Mas você não sabe o que ele é. Você não pode saber.

Deliberadamente, sem meias palavras, contei a ela a história que tinha ouvido sobre Allerton.

— Está vendo — falei ao terminar. — Esse é o tipo de patife que ele é.

Ela não pareceu muito chocada. Seus lábios se dobraram numa expressão de zombaria.

— Nunca pensei que ele fosse um santo, isso posso lhe assegurar.

— E isso não faz diferença para você? Judith, você não pode ser assim tão depravada.

— Pode-me chamar do que você quiser.

— Judith, você não tem, você não é...

Não conseguia dar sentido às minhas palavras. Ela se soltou de mim, com um safanão.

— Agora escute bem você, papai. Faço o que bem entendo. Você não manda em mim. E não adianta insistir. Vou fazer da minha vida exatamente o que eu quiser, e você não vai me impedir.

No momento seguinte ela estava fora do quarto.

Minhas pernas tremiam.

Afundei numa cadeira. Era pior, muito pior do que eu pensava. A menina estava tolamente apaixonada. Não havia ninguém para quem apelar. A mãe dela, a única pessoa a quem ela poderia dar ouvidos, estava morta. Tudo dependia de mim.

Acho que nunca, nem antes nem depois daquela época, sofri tanto.

IV

Logo me recuperei. Fiz a barba, me lavei e troquei de roupa. Desci para jantar. Creio que me comportei de uma maneira muito normal. Ninguém pareceu notar nada de errado.

Uma ou duas vezes vi Judith me lançar um olhar de curiosidade. Ela devia estar confusa, em contrapartida, eu parecia o mesmo de sempre.

E o tempo todo, estava ficando mais e mais resoluto.

Tudo o que precisava era coragem, coragem e astúcia.

Depois do jantar fomos todos até lá fora, olhamos o céu, falamos qualquer coisa sobre a pressão do ar, profetizou-se uma chuva, trovões, uma tempestade.

De soslaio, vi Judith desaparecer do outro lado da casa. Logo Allerton seguiu pela mesma direção.

Concluí o que estava dizendo a Boyd Carrington e também fui para lá.

Acho que Norton tentou me impedir. Pegou no meu braço e parece que me convidou para ir até o canteiro das rosas. Não lhe dei importância.

Ele ainda estava comigo quando passei para o outro lado da casa.

Eles estavam lá. Vi o rosto de Judith virado para cima, vi Allerton se virando para beijá-la, vi como ele a tomou nos braços e a beijou.

E aí se separaram rapidamente. Dei um passo em direção a eles. Quase que só pela força, Norton me puxou para trás e dobramos o canto da casa para o outro lado. Ele disse:

— Olha aqui, você não pode...

Eu o interrompi. Falei irritado:

— Eu posso. E vou.

— Não *adianta*, meu caro amigo. É tudo muito desesperante mas no fim você vai chegar à conclusão de que não há nada que você *possa* fazer.

Fiquei em silêncio. Ele poderia pensar que era assim, mas eu tinha outros planos.

Norton foi em frente:

— Sei como a pessoa se sente impotente e irritada, mas a única coisa a fazer é admitir a derrota. *Admitir*, homem!

Não disse que não. Esperei, deixando-o falar. Depois tomei firmemente a direção onde se encontravam Allerton e Judith.

Os dois já tinham desaparecido, mas eu podia imaginar onde eles estariam. Havia uma casinha de verão meio escondida no bosque ali perto.

Eu me dirigi para lá. Acho que Norton ainda estava comigo mas não tenho certeza.

Ao chegar mais perto ouvi umas vozes e parei. Era a voz de Allerton.

— Bem, minha querida, então está tudo resolvido. Não faça mais objeções. Você vai até a cidade amanhã. Eu digo que estou indo para Ipswich com um amigo para passar umas duas noites. Você telegrafa de Londres que não pode voltar. E quem vai saber daquele jantarzinho maravilhoso no meu apartamento? Você não vai se arrepender, eu lhe asseguro.

Senti Norton me puxando e, subitamente, virei-me, mas bem devagar. Quase dei uma risada quando vi o rosto preocupado e angustiado de Norton. Deixei que me levasse de volta até a casa. Fingi que desistia porque, naquele exato momento, eu já sabia muito bem o que iria fazer...

Falei então com ele clara e pausadamente:

— Não se preocupe, meu velho. Não adianta nada, agora eu vejo. Não se pode controlar a vida dos filhos. Desisto.

Ele ficou absurdamente aliviado.

Um pouco mais tarde, eu lhe disse que ia para a cama mais cedo. Estava com dor de cabeça, essas coisas.

Ele não tinha a menor suspeita do que eu estava prestes a fazer.

V

Parei um momento no corredor. Estava tudo calmo. Não havia ninguém por perto. As camas já estavam todas prontas, sem as colchas e arrumadas para a noite. Norton, que tinha um quarto nessa ala, eu o deixara lá embaixo. Elizabeth Cole estava jogando bridge. Eu sabia que Curtiss estaria lá embaixo jantando. Podia fazer o que quisesse lá em cima.

Eu tenho orgulho de dizer que não trabalhei esses anos todos com Poirot em vão. Sabia exatamente que precauções tomar.

Allerton *não* ia se encontrar com Judith em Londres.

Allerton não ia a lugar nenhum amanhã...

A coisa toda era ridiculamente simples.

Fui até meu quarto e apanhei o vidro de aspirina. Depois fui até o quarto de Allerton e entrei no banheiro. Os comprimidos de Slumberyl estavam no armário. Achei que oito eram suficientes. A dose normal era um ou dois. Portanto, oito davam de sobra. Allerton mesmo havia me dito que a quantidade tóxica não era alta. Li a bula. "É perigoso exceder a dose receitada."

Sorri.

Amarrei um lenço de seda em volta da mão e abri o vidro com cuidado. Não podia deixar impressões digitais.

Esvaziei o conteúdo. É, eles eram quase do tamanho das aspirinas. Pus oito aspirinas no vidro e depois pus os Slumberyls, deixando de fora oito comprimidos. O vidro agora parecia exatamente como antes. Allerton não notaria qualquer diferença.

Voltei para o meu quarto. Tinha uma garrafa de uísque lá, a maioria de nós em Styles tinha uma. Tirei dois copos e um sifão. Nunca soube de Allerton ter recusado um drinque. Quando ele subisse eu o convidaria para tomar alguma coisa antes de dormir.

Testei os comprimidos com um pouco de uísque. Eles se dissolviam facilmente. Experimentei um pouco da mistura. Um pouquinho amargo mas quase não se notava. Tinha o meu plano. Eu estaria me servindo da bebida quando Allerton chegasse. Eu lhe daria o meu copo e preparava outro para mim. Tudo fácil e natural.

Ele não podia imaginar meus sentimentos em relação a ele a não ser naturalmente que Judith lhe tivesse contado. Considerei essa hipótese por uns instantes, mas concluí que não seria um problema. Judith nunca contava nada a ninguém.

Ele provavelmente não desconfiaria de nada.

Não tinha nada mais a fazer a não ser esperar. Seria uma longa espera, uma hora ou duas até que Allerton viesse dormir. Ele sempre dormia tarde.

Fiquei sentado lá calmamente esperando.

Um súbito bater na porta me assustou. Era só Curtiss, no entanto, Poirot estava me chamando.

Voltei a mim com um choque. Poirot! Não havia pensado nele nem por um minuto esta noite. Ele devia estar se perguntando onde eu poderia estar. Isso me preocupou um pouco. Primeiro de tudo porque eu estava envergonhado de não ter estado com ele, e segundo, não queria que ele suspeitasse de que algo de anormal estivesse acontecendo.

Fui atrás de Curtiss até o quarto de Poirot, do outro lado do corredor.

— *Eh, bien!* — exclamou Poirot. — Então você me desertou, não é?

Forcei um bocejo e um sorriso me desculpando.

— Mil desculpas, meu velho — disse. — Mas para falar a verdade estou com tanta dor de cabeça que quase não posso enxergar. Creio que é a baixa pressão do ar. Tenho me sentido meio enjoado com esse tempo, tanto assim que me esqueci completamente de lhe dar boa-noite.

Como eu esperava Poirot foi logo solícito. Ele me ofereceu remédios. Perguntou como era, como não era. E me acusou de ter ficado sentado num lugar com correntes de ar. (No dia mais quente do verão!) Recusei a aspirina, explicando que já havia tomado um comprimido, mas não fui capaz de evitar que me desse uma xícara de chocolate ultradoce e totalmente intragável!

— Faz bem aos nervos, você entende — Poirot explicou.

Bebi tudo para não ter de discutir, e logo depois, com as exclamações afetuosas e preocupadas de Poirot ainda na cabeça, me despedi dele.

Voltei para o quarto, e fechei a porta ostensivamente. Mais tarde, abri uma frestinha com o maior cuidado. Não podia deixar de ouvir quando Allerton chegasse. Mas ainda demoraria um pouco.

Fiquei lá sentado, esperando. Pensei em minha esposa. A tantas horas, murmurei:

— Você compreende, minha querida. Eu tenho de salvá-la.

Ela tinha pedido que eu tomasse conta de Judith e não iria decepcioná-la.

Na calma e no silêncio dali, subitamente senti Cinders bem próxima de mim.

Senti como se ela estivesse praticamente ao meu lado no quarto.

E continuei sentado lá, inflexível, esperando.

Capítulo 13

I

Existe alguma coisa pior do que descrever um anticlímax friamente? É como se o amor-próprio da pessoa estivesse em pedacinhos.

Para falar a verdade, o que aconteceu foi que fiquei lá sentado esperando Allerton e caí no sono!

O que pode não ser grande surpresa, suponho. Tinha dormido muito mal na noite anterior. Fiquei tomando ar lá fora o dia inteiro. Estava totalmente desgastado, tenso, preocupado em fazer o que me decidira a fazer. E ainda por cima, havia aquele tempo pesado de antes de uma tempestade. Possivelmente até o esforço de concentração que eu fazia ajudou.

De qualquer forma, aconteceu. Caí no sono ali mesmo na cadeira e quando acordei os passarinhos estavam cantando, o sol lá fora e eu, com cãibras e dores no corpo, estirado com roupa e tudo na cadeira, com um gosto ruim na boca e uma dor de cabeça incrível.

Estava desnorteado, incrédulo, aborrecido, e mais, incomensurável e irresistivelmente aliviado.

Quem foi mesmo que escreveu "o dia mais terrível, vivo até amanhã, já terá passado"? E como isso é verdade. Eu via claramente agora, com a cabeça no lugar, como eu estivera extenuado e obstinado. Melodramático, sem o menor senso de ridículo. Tinha efetivamente resolvido matar outro ser humano.

Nesse momento meus olhos se fixaram no copo de uísque a minha frente. Com um arrepio me levantei, abri a janela e o despejei lá fora. Eu devia estar louco na noite passada.

Fiz a barba, tomei um banho e me vesti. Então, me sentindo muito melhor, fui até o quarto de Poirot. Eu sabia que ele sempre acordava muito cedo. Eu me sentei e contei tudo para ele tim-tim por tim-tim.

Foi um enorme alívio para mim, acreditem.

Ele balançou a cabeça calmamente e falou:

— Mas que loucura você esteve prestes a fazer. Estou feliz de você ter vindo confessar seus pecados para mim. Mas por quê, meu querido amigo, por que você não veio me contar o que estava lhe preocupando, ontem mesmo?

Falei um pouco envergonhado:

— Acho que tive medo de que você tentasse me impedir.

— Certamente que iria impedir. Ah, disso você pode estar certo. Você acha que quero ver você pendurado com uma corda no pescoço, tudo por causa de um patife como o major Allerton?

— Ninguém iria descobrir nada — disse. — Tomei todas as precauções.

— Isso é o que todos os assassinos pensam. Você teve mesmo essa mentalidade! Mas deixe eu lhe dizer uma coisa, *mon ami*, você não foi tão esperto quanto está pensando.

— Tomei todas as precauções. Não deixei qualquer impressão digital no vidro.

— Exatamente. Você também limpou todas as impressões digitais de Allerton. E quando ele fosse encontrado morto, o que aconteceria? Eles fazem a autópsia e fica esclarecido que ele morreu de uma dose excessiva de Slumberyl. Ele tomou essa dose por acidente ou de propósito? *Tiens*, as impressões digitais dele não estão no vidro. Mas por que não? Sendo acidente ou suicídio ele não teria razão nenhuma para limpar suas impressões digitais. E então eles analisam o resto dos comprimidos e descobrem que quase a metade deles foi substituída por aspirina.

— Ora, mas todo mundo tem comprimidos de aspirina — murmurei em contraposição.

— É verdade, mas não é todo o mundo que tem uma filha da qual Allerton está dando em cima com as piores intenções, para usar uma frase antiga. E você tinha acabado de ter uma discussão feia com sua filha sobre esse assunto, no dia anterior. Duas pessoas, Boyd Carrington e Norton, podem testemunhar que você nutre os sentimentos mais violentos contra o sujeito. Não, Hastings, não ficaria assim tão bem. O foco das atenções cairia fatalmente sobre você, e depois de tudo isso você provavelmente estaria em tal estado de medo, até de remorso por ter feito aquilo, que um bom inspetor de polícia facilmente poderia deduzir que você era o culpado. É também bem possível que alguém tenha visto você mexendo nos comprimidos.

— Isso não. Não havia ninguém por ali.

— Há uma sacada que dá para o quarto. Alguém poderia estar ali espionando. Ou, quem sabe, alguém poderia estar olhando pelo buraco da fechadura.

— Você vive imaginando buracos de fechadura nessa sua cabeça, Poirot. As pessoas não ficam por aí olhando em buracos de fechadura assim tão freqüentemente quanto você pensa.

Poirot semicerrou os olhos e afirmou que eu confiava demais nas pessoas.

— E lhe digo mais, coisas muito esquisitas acontecem com as chaves dessa casa. Eu, particularmente, gosto de trancar minha porta pelo lado de dentro, mesmo que meu fiel Curtiss esteja no quarto ao lado. Logo depois que cheguei minha chave desapareceu, sumiu! Tive que providenciar outra.

— Bem, de qualquer jeito — eu disse com um suspiro de alívio, mas com a cabeça ainda cheia de preocupações —, não aconteceu nada. É terrível pensar que alguém possa ficar naquele estado em que eu fiquei — diminuí um pouco a voz. — Poirot, você não acha que devido àquele assassinato há muitos anos existe aqui em Styles uma certa infecção no ar?

— Você quer dizer, um vírus de assassinato? Bem, a sugestão é interessante.

— Casas têm atmosfera, têm mesmo — falei pensativo. — Essa casa tem uma história muito terrível.

Poirot concordou.

— É mesmo. Já houve aqui inúmeras pessoas que desejavam profundamente que outra morresse. Isso é bem verdade.

— Acredito que isso fica impregnado um pouco em nós, de alguma maneira. Mas Poirot, me diga o que devo fazer com essa história toda, Judith e Allerton, você sabe. Isso tem de ter um fim. O que acha que eu devo fazer?

— Não faça nada — respondeu Poirot, enfático.

— Mas...

— Acredite em mim, você vai causar menos danos não fazendo nada.

— Mas se eu fosse falar com Allerton...

— O que você pode dizer? Ou fazer? Judith tem 21 anos, já é maior.

— Mas acredito que posso...

Poirot me interrompeu.

— Não, Hastings. Não fique imaginando que você é suficientemente esperto, forte, até mesmo maquiavélico o suficiente para impor sua personalidade àqueles dois. Allerton está acostumado a lidar com pais zangados e impotentes e provavelmente até se diverte com isso. Judith não é o tipo de pessoa que pode ser intimidada. Eu o aconselharia, e é a única coisa que lhe posso dizer nesse sentido, a fazer algo muito diferente. Eu confiaria nela se fosse você.

Fiquei surpreso.

— Judith — disse Poirot — é uma garota de ouro. Tenho uma admiração profunda por ela.

Com a voz embargada, falei:

— Também a admiro muito. Mas estou preocupado com ela.

Poirot balançou a cabeça com certo vigor:

— Eu também me preocupo com ela — disse. — Mas não como você. Eu me preocupo muitíssimo. E estou sem meios, ou quase, para fazer alguma coisa. E os dias vão passando. Existe um perigo pairando no ar, Hastings, e está muito próximo de nós.

II

Sabia tão bem quanto Poirot que o perigo estava próximo. Tinha mais razões para perceber isso do que ele, devido à conversa que escutei na noite anterior.

Entretanto ponderei sobre aquela frase de Poirot ao descer para o café. "Eu confiaria nela se fosse você."

Essa frase me pegou desprevenido e me trouxe um certo sentimento reconfortante. E quase que imediatamente, a verdade da afirmação se fez ver. Judith mudara de idéia quanto a seguir para Londres aquele dia.

Em vez disso ela saiu com Franklin depois do café diretamente para o laboratório, como sempre. E estava claro que eles teriam um dia de trabalho árduo pela frente.

Um sentimento intenso de gratidão se apossou de mim. Como eu tinha ficado louco e desesperado a noite passada! Eu estava certo — com a mais absoluta certeza — de que Judith tinha aceitado as propostas de Allerton. Mas — e agora eu via — é verdade que nunca cheguei a ouvi-la concordar em ir com Allerton para Londres. Não, ela era muito boa, muito verdadeira para ceder assim. Ela desistiu do programa.

Allerton tomou café cedo, e partiu para Ipswich. Continuava com seu plano, calculando que Judith iria para Londres como combinado.

Bem, pensei, ele vai ter uma bela decepção.

Boyd Carrington veio e observou que eu estava muito alegre.

— É — respondi. — Tive notícias muito boas.

Ele disse que com ele as coisas não andavam tão bem. Recebera um telefonema do arquiteto, uma dificuldade na construção, um agrimensor do lugar estava um pouco aborrecido. E também umas cartas com notícias desagradáveis. Preocupava-se ainda por ter deixado a sra. Franklin se exceder no dia anterior.

A sra. Franklin estava realmente compensando os dias que estivera de bom humor e boa saúde. Pelo que pude perceber da conversa com sua enfermeira, ela estava impossível.

A enfermeira Craven teve de abrir mão do seu dia de folga que tinha combinado de passar com uns amigos e estava bastante irritada. Desde cedo a sra. Franklin vinha pedindo bolsas de água quente, vários tipos de comidas e bebidas, seus sais e não deixava a enfermeira sair do quarto de jeito nenhum. Ela estava com nevralgia, dor no peito, arrepios e sei lá mais o quê.

Devo dizer aqui que nem eu nem ninguém estava muito alarmado com o fato. Nós todos consideramos tudo como parte das tendências hipocondríacas da sra. Franklin.

Isso cabia também para a enfermeira Craven e o dr. Franklin.

Ele foi chamado no laboratório, ficou escutando as reclamações de sua mulher, perguntou se ela gostaria de que o médico do lugarejo fosse chamado (sugestão violentamente repelida pela sra. Franklin); então preparou para ela um sedativo, acalmou-a o melhor que pôde e voltou ao trabalho.

A enfermeira me confidenciou:

— É claro que ele sabe que ela está só fingindo.

— Você não acredita que ela esteja realmente passando mal?

— Ela está com a temperatura normal, e a pressão está ótima. Para mim, é só embromação.

Ela estava aborrecida e usava uma linguagem mais solta que a de costume.

— Ela gosta de perturbar as pessoas que estão se divertindo. Ela gostaria que seu marido ficasse nervoso e que eu ficasse correndo atrás dela, e até Sir William é obrigado a se sentir culpado porque "cansou-a demais ontem". Ela é assim, desse tipo.

A srta. Craven demonstrava claramente que sua paciente estava quase intratável. Deduzi que a sra. Franklin tinha sido muito rude com ela. Era o tipo de mulher que enfermeiras e empregados instintivamente detestavam, não só por causa da trabalheira que dava, mas pela forma como os tratava.

Assim, como eu ia dizendo, nenhum de nós prestou muita atenção à doença dela.

A única exceção foi Boyd Carrington, que perambulava pelos cantos com uma cara de menino que tivesse sido repreendido.

Quantas vezes desde então já não passei e repassei os acontecimentos daquele dia, tentando me lembrar de algo que até então tivesse passado despercebido, um incidente qualquer por mais insignificante que fosse, procurando me lembrar exatamente do jeito de todos os presentes. Até mesmo se estavam como sempre ou, de alguma forma, diferentes.

Vou, mais uma vez, explicar exatamente o que me lembro de cada um.

Boyd Carrington, como já disse, estava inquieto e se sentindo um pouco culpado. Parecia estar pensando que tinha sido exageradamente exuberante e egoísta no dia anterior, não dando atenção à saúde frágil de sua acompanhante. Foi lá em cima perguntar pela sra. Franklin umas duas ou três vezes, e a enfermeira, que não estava no melhor dos humores, tinha sido estúpida e impertinente com ele. Foi então à cidade para comprar uma caixa de bombons. Que foi devolvida. "A sra. Franklin não suporta chocolate."

Um pouco desconsolado, ele abriu a caixa na sala e Norton, ele e eu solenemente nos servimos à vontade.

Agora, pensando bem, Norton tinha algo o preocupando. Estava desligado, uma ou duas vezes franziu as sobrancelhas como se estivesse intrigado com alguma coisa.

Ele gostava muito de chocolate, e comeu muitos bombons naquele seu jeito distraído.

Lá fora o tempo mudara. Desde as dez horas que uma chuva intensa estava caindo.

Não havia a melancolia que normalmente acompanha um dia chuvoso. Na realidade aquela chuva era um alívio para todos nós.

Poirot fora trazido para baixo por Curtiss por volta de meio-dia e estava na sala de estar. Ali, Elizabeth Cole reuniu-se a ele e ficou tocando piano. Ela tinha um toque agradável, e tocava Bach e Mozart, os dois compositores favoritos de meu amigo.

Franklin e Judith vieram do laboratório mais ou menos às 12h45. Judith estava pálida e tensa. Estava muito calada, olhou vagamente para os lados como se estivesse num sonho e saiu da sala. Franklin se sentou conosco. Ele também parecia cansado e absorto, e tinha também o ar de quem estava muito ansioso.

Eu me lembro de ter dito qualquer coisa sobre a chuva ser um alívio, e ele respondeu de primeira:

— É. Há vezes em que *alguma coisa* tem de estourar...

E de alguma forma tive a impressão de que não era só do tempo que ele estava falando. Desajeitado como sempre, esbarrou na mesa e derrubou quase todos os bombons. Com seu ar assustado de sempre, se desculpou, aparentemente para a caixa.

— Oh, me desculpe.

Deveria ter sido engraçado, mas de alguma forma não foi. Ele se abaixou e apanhou os bombons.

Norton lhe perguntou se tivera uma manhã muito estafante.

Aí ele deu um enorme sorriso animado, infantil, bem vivo.

— Não, não, é que percebi que estava no caminho errado nas pesquisas. O que é preciso é um processo muito mais simples. Agora posso tomar um caminho mais curto.

Ele estava em pé balançando-se levemente para frente e para trás, seus olhos apagados mas resolutos.

— Sim, um caminho mais curto. Um caminho muito melhor.

III

Da mesma forma como estávamos nervosos e vagos pela manhã, na parte da tarde tudo foi muito agradável. O sol saiu, a temperatura estava fresca, um tempo ótimo. A sra. Luttrell foi trazida para baixo e sentou-se na varanda. Estava muito bem, usando seu charme com menos arrebatamento que o normal, e sem qualquer alusão a seu jeito antipático de reclamar. Ela ainda fazia picuinha com o marido, mas era de uma forma mais delicada, afetuosa, e ele sorria para ela. Era realmente muito agradável ver os dois daquela maneira.

Poirot também se deixou levar para fora e estava bem disposto. Acho que ele gostava de ver os Luttrell se dando tão amigavelmente como agora. O coronel parecia anos mais moço. Seu jeito estava menos inseguro, puxava menos o bigode. Até sugeriu uma partida de bridge para mais tarde, à noite.

— Daisy está sentindo falta do bridge.

— Estou mesmo — disse a sra. Luttrell.

Norton argumentou que poderia ser um pouco cansativo para ela.

— Eu jogo só um *rubber* — disse a sra. Luttrell, e acrescentou com uma piscadela — e vou me comportar. Podem ficar tranqüilos que não vou arrancar os olhos de George.

— Minha querida — protestou o marido —, sei que sou um péssimo jogador.

— E daí? — retrucou a sra. Luttrell. — E não me dá o maior prazer de implicar e brigar com você por causa disso?

Nós todos rimos. A sra. Luttrell continuou:

— Oh, conheço meus defeitos, mas não vou deixá-los de lado nessa altura da minha vida. George simplesmente tem de agüentar assim mesmo.

O coronel Luttrell olhava para ela orgulhoso.

Acho que foi o bom relacionamento deles que nos levou, mais tarde, a ter uma conversa sobre casamento e divórcio.

Os homens e as mulheres eram mais felizes devido às maiores facilidades para se obter o divórcio, ou o que acontecia era que depois de um período de irritação e brigas — ou problemas por causa de uma terceira pessoa — era fatal uma volta da amizade e afeição de um pelo outro?

É estranho como as idéias das pessoas são diferentes de suas experiências pessoais.

Meu casamento tinha sido incrivelmente feliz, sou uma pessoa essencialmente antiquada e, no entanto, sou a favor do divórcio — cortar os laços e começar tudo de novo. Boyd Carrington, que teve uma experiência infeliz, era totalmente a favor do casamento indissolúvel. Ele disse que tinha o mais absoluto respeito pela instituição do casamento. Era o alicerce do Estado.

Norton, sem qualquer ligação afetiva e sem experiência própria, concordava comigo. Franklin, o cientista moderno e esclarecido, se opunha fortemente ao divórcio, por mais estranho que possa parecer. Aparentemente porque não estava de acordo com seus padrões de pensamento e ação bem determinados. A pessoa assumia certas responsabilidades. Devia levá-las até o fim, não era admissível deixá-las de lado no meio do caminho. Um contrato, ele dizia, é um contrato. A pessoa concorda com ele por sua livre e espontânea vontade, e deve se manter fiel a ele. Qualquer outra coisa resultava na maior confusão. Ligações dispersas, laços frouxos.

Recostando-se na cadeira, suas longas pernas batendo levemente numa mesa, falou:

— Um homem escolhe sua esposa. Ela é sua responsabilidade até a morte, dele ou dela.

Norton replicou num tom engraçado:

— E às vezes... Bendita morte, hein?

Nós todos rimos, e Boyd Carrington disse:

— Você não precisa falar, meu caro, você nunca se casou.

Balançando a cabeça, Norton retrucou:

— E agora é tarde demais.

— Mas é mesmo? — o olhar de Boyd Carrington era zombeteiro. — Tem certeza?

Naquele mesmo instante Elizabeth Cole, que estivera lá em cima com a sra. Franklin, se juntou a nós.

Eu me pergunto se foi minha imaginação ou se Boyd Carrington realmente olhou com certa insistência para ela e depois para Norton, e ele, Norton, ficou um pouco sem graça.

Imaginei uma coisa e fiquei olhando Elizabeth Cole de uma maneira muito penetrante. Ela ainda era uma mulher relativamente jovem. E além do mais era muito bonita. Na realidade era uma pessoa encantadora e simpática, capaz de fazer qualquer homem feliz. E Norton e ela, ultimamente, estavam andando quase sempre juntos. Em seus passeios atrás de passarinhos e flores, eles se tornaram amigos. Eu me lembro de ela ter me contado que achava Norton uma pessoa realmente muito gentil.

Bem, se fosse mesmo verdade, estava muito contente que isso acontecesse com ela. Sua infância carente e desolada no final das contas não a impediria de ser feliz. A tragédia que lhe aconteceu não fora em vão. Olhando para ela, reparei que estava mesmo com uma expressão muito mais satisfeita, e mesmo mais feliz do que quando cheguei a Styles.

Elizabeth Cole e Norton, é, poderia ser mesmo.

E subitamente, vindo do nada, um sentimento vago de inquietação e desassossego se apossou de mim. Não era seguro — não era direito — planejar ser feliz aqui. Havia algo de maligno na atmosfera de Styles. Podia sentir isso perfeitamente agora. Subitamente, me senti velho e cansado — é, e com medo.

Um minuto mais tarde aquela sensação passou. Ninguém chegou a notar, a não ser Boyd Carrington. Falou comigo num tom baixo, uns minutos mais tarde:

— Alguma coisa o preocupando, Hastings?

— Não, por quê?

— Bem, é que você estava com uma cara de... não consigo explicar muito bem.

— Só uma sensação, um certo receio.

— Uma premonição de algo ruim?

— É, você pode considerar assim. Uma sensação de que... alguma coisa está prestes a acontecer.

— Engraçado. Senti a mesma coisa uma ou duas vezes. Você tem uma idéia do que pode acontecer?

Ele me olhava interessado.

Fiz que não com a cabeça porque realmente não tinha a menor idéia do que fosse acontecer. Tinha sido só uma explosão de depressão e medo.

Então Judith saiu de dentro da casa e veio até nós. Vinha devagar, com a cabeça erguida, os lábios apertados, seu rosto austero e lindo.

Fiquei pensando como ela era diferente de mim e de Cinders. Ela parecia uma jovem sacerdotisa. Norton sentia uma coisa parecida. Ele se dirigiu a ela:

— Antes de cortar a cabeça de Holofernes, sua xará da Bíblia devia estar como você está agora.

Judith sorriu e levantou um pouco as sobrancelhas.

— Não me lembro por que ela queria fazer isso.

— Oh, estritamente por altas questões morais, para o bem da comunidade.

O leve tom de brincadeira irritou Judith. Ela ficou um pouco sem graça e foi se sentar perto de Franklin. Ela disse:

— A sra. Franklin está se sentindo muito melhor. Ela quer que nós todos subamos e tomemos um café com ela esta noite.

IV

A sra. Franklin era realmente uma pessoa de lua, fiquei pensando enquanto subia as escadas depois do jantar. Tendo atrapalhado o dia de todo o mundo, agora à noite era toda sorrisos.

Ela vestia um robe azul-claro e estava recostada no sofá. Ao seu lado, uma pequenina mesa giratória com uns livros embaixo e com o aparelho de chá arrumado em cima. Seus dedos, finos e pálidos, se ocupavam da preparação do café, com alguma ajuda da enfermeira. Nós estávamos todos lá, com exceção de Poirot, que sempre se recolhia antes do jantar, Allerton, que não tinha voltado de Ipswich, e a sra. e o coronel Luttrell que tinham permanecido no térreo.

O aroma do café tomou conta do ambiente — um cheiro delicioso. O café em Styles era uma tintura preta sem o menor gosto, portanto estávamos todos ansiosos para provar aquele feito pela sra. Franklin com pó fresquinho.

Franklin ficou do lado oposto da mesa distribuindo as xícaras à medida que ela as ia enchendo. Boyd Carrington estava no sofá, Elizabeth Cole e Norton à janela. A enfermeira Craven se recolheu para trás do encosto da cama. Eu estava sentado numa poltrona batalhando com as palavras cruzadas do *Times*, e lendo em voz alta as chaves.

— Amor constante ou risco de terceiros? — li em voz alta. — Seis letras.

— Provavelmente é um anagrama — disse Franklin.

Pensamos por um momento. Continuei.

— Os rapazes entre as colinas são indelicados.

— Atormentador — disse Boyd Carrington de primeira.

— Citação: "E o eco ao que perguntares responderá..." lacuna. Tennyson. Cinco letras.

— Nunca — sugeriu a sra. Franklin. — É isso mesmo. "E o eco responderá nunca."

Fiquei em dúvida.

— Mas aí a outra palavra tinha que terminar em *n*.

— Mas e daí? Muitas palavras terminam em *n*. Hífen, por exemplo.

Elizabeth Cole falou da janela:

— A citação de Tennyson é: "E o eco ao que perguntares responderá *morte*."

Ouvi um súbito suspirar atrás de mim. Olhei para ver quem era. Era Judith. Ela passou por mim em direção à janela e saiu para a sacada.

Enquanto escrevia a resposta, falei:

— Amor constante não pode dar um anagrama. É muito grande. Agora a segunda letra é *m*.

— Como é mesmo a chave?

— Amor constante ou risco de terceiros. Uma casa com *m* e cinco casas livres.

— Amante — disse Boyd Carrington.

Ouvi a colherzinha tremer um pouco no pires da sra. Franklin. Fui para outra chave.

— "A inveja é um monstro de olhos verdes" é a citação de uma pessoa.

— Shakespeare — disse Boyd Carrington.

— Foi Otelo ou Emilia? — perguntou a sra. Franklin.

— Muito compridos os dois. Tem de ter só quatro letras.

— Iago.

— Tenho certeza de que é Otelo.

— Não foi em *Otelo*. Foi Romeu que disse a Julieta.

Nós todos demos nossas opiniões. De repente, da sacada Judith gritou:

— Olhem lá. Uma estrela cadente. Hei, e lá está outra.

Boyd Carrington perguntou:

— Onde? Temos de fazer um desejo. — Saiu para a sacada, juntando-se a Elizabeth Cole, Norton e Judith. A enfermeira Craven foi também. Franklin se levantou e foi até eles. Eles ficaram lá, olhando a noite.

Permaneci concentrado nas palavras cruzadas. Para que *eu* queria ver uma estrela cadente? Não tinha nada para desejar...

De repente, Boyd Carrington entrou de volta no quarto.

— Barbara, você tem de vir aqui fora.

A sra. Franklin respondeu ríspida:

— Não, não quero. Estou muito cansada.

— Que nada, Babs. Você tem de vir e fazer um desejo! — ele riu. — Não me venha com desculpas. Eu te carrego.

E dobrou-se, apanhou-a nos braços, enquanto ela ria e protestava:

— Bill, me ponha no chão... deixa de ser bobo.

— Menininhas têm de vir e fazer um desejo. — Levou-a até a sacada e a pôs no chão.

Enfiei ainda mais a cabeça nas palavras cruzadas. Eu estava me lembrando... Uma linda noite tropical, os sapos coaxando... e uma estrela cadente. Eu estava em pé perto da janela e me virei, pus Cinders no colo e levei-a para fora para ver as estrelas e fazer desejos...

As casas das palavras cruzadas ficaram apagadas e confusas diante de meus olhos.

Uma figura se destacou do grupo e entrou de volta no quarto. Era Judith.

Judith não podia me pegar com lágrimas nos olhos. Não ficaria bem. Rapidamente girei a mesa com os livros e fingi estar procurando por um. Lembrava-me de ter visto uma velha edição de Shakespeare. Encontrei, então, *Otelo* e fiquei procurando a confirmação para a resposta daquela chave.

— O que está fazendo, papai?

Resmunguei qualquer coisa sobre a chave, os dedos virando as páginas. É, era Iago mesmo.

Ó, cuidado, senhor, com o ciúme;
É, o monstro de olhos verdes que zomba
Da carne que o alimenta.

Judith continuou lendo outras estrofes:

Não a papoula, nem a mandrágora,
Nem qualquer dos elixires estupefacientes do mundo
Curarão a vós do suave sono
Que tivestes ontem.

Sua voz ressoava, linda e profunda.

Os outros voltavam, rindo e falando. A sra. Franklin retomou seu lugar no sofá, Franklin sentou-se no mesmo lugar de antes e mexeu seu café. Norton e Elizabeth Cole acabaram de beber seus cafés e pediram licença, porque tinham prometido jogar bridge com os Luttrell.

A sra. Franklin bebeu o café e pediu suas "gotas". Judith apanhou-as no banheiro, porque a enfermeira não estava mais no quarto.

Franklin estava perambulando pelo quarto. Tropeçou numa mesinha. Sua esposa então foi ríspida nas palavras:

— Deixe de ser tão sem jeito, John.

— Desculpe, Barbara. Estava com a cabeça longe.

A sra. Franklin então foi mais afetuosa:

— Você é mesmo um elefantinho, hem, querido?

Ele olhou para ela meio distraído, e disse:

— Bonita noite, acho que vou dar uma volta.

E saiu.

A sra. Franklin comentou:

— Ele é mesmo um gênio, sabe. Pode-se ver claramente pelo seu jeito. Eu tenho uma admiração profunda por ele. Tão dedicado ao trabalho.

— É verdade, um sujeito muito inteligente — replicou Boyd Carrington um pouco mecanicamente.

Judith deixou o quarto abruptamente, quase esbarrando na enfermeira Craven no vão da porta.

Boyd Carrington falou:

— Que tal um joguinho de *picquet*, Babs?

— Ah, ótimo. Enfermeira, será que você poderia apanhar o baralho?

Ela foi apanhar o baralho, dei boa-noite à sra. Franklin e agradeci o café.

No corredor alcancei Judith e Franklin. Eles estavam olhando a noite pela janela. Não falavam nada, estavam só lado a lado.

Franklin virou-se quando me ouviu chegando. Ele se mexeu um pouco, hesitou e disse:

— Vamos dar uma volta, Judith?

Minha filha fez que não com a cabeça.

— Hoje não. — E acrescentou bruscamente: — Vou para a cama. Boa noite.

Descemos eu e Franklin. Ele estava assobiando suavemente e tinha uma expressão alegre.

Observei a sua atitude com um pouco de mau humor e disse:

— Você parece muito satisfeito hoje.

Ele reconheceu que sim.

— É. Fiz uma coisa que já queria fazer há muito tempo. Muito gratificante, sabe.

Nos separamos e fiquei olhando um pouco o jogo de bridge. Norton piscou o olho para mim quando a sra. Luttrell não estava olhando. Parecia que o *rubber* estava correndo na mais perfeita harmonia.

Allerton ainda não tinha voltado. A mim, parecia que a casa estava mais alegre e menos opressiva sem ele.

Subi outra vez e fui até o quarto de Poirot. Encontrei Judith lá com ele. Ela me deu um sorriso quando entrei e não falou nada.

— Ela o perdoou, *mon ami* — disse Poirot, uma observação absurda.

— É mesmo? — falei. — Eu não sabia que...

Judith se levantou. Pôs os braços em volta de meu pescoço e me beijou:

— Coitado do papai. O tio Poirot *não* vai atacar sua dignidade. Sou eu que devo ser perdoada. Por isso me perdoe e me dê um beijo de boa-noite.

Não sei bem por quê, mas disse:

— Desculpe, Judith. Mil desculpas mesmo. Não tive a intenção de...

Ela me interrompeu:

— Não tem nada. Vamos esquecer aquele episódio. Agora está tudo bem. — Deu um sorriso distante, sóbrio. E falou outra vez: — Agora está tudo bem... — e calmamente saiu do quarto.

Então, Poirot voltou-se para mim.

— Bom — perguntou —, o que tem acontecido esta noite?

— Nada de muito importante, e parece que vai ficar assim — disse a ele.

Mas efetivamente eu estava muito longe da realidade. Naquela noite algo aconteceu. A sra. Franklin ficou muitíssimo doente. Mandaram vir mais dois médicos, mas tudo em vão. Ela morreu na manhã seguinte.

Só 24 horas depois soubemos que sua morte foi por envenenamento por fisostigmina.

Capítulo 14

I

O inquérito começou dois dias mais tarde. Era a segunda vez que estava envolvido num inquérito por essas bandas.

O investigador era um senhor de meia-idade muito capaz, com um olhar perspicaz e bastante seco na maneira de falar.

Primeiro foram consideradas as provas médicas. Ficou estabelecido que a morte foi resultado de envenenamento por fisostigmina e que outros alcalóides da fava-de-calabar também estavam presentes. O veneno provavelmente fora ingerido na noite anterior entre sete horas e meia-noite. O médico legista e seu assistente se recusaram a ser mais precisos.

Depois veio o testemunho do dr. Franklin. No geral, deu uma boa impressão. Seu testemunho foi claro e simples. Depois da morte de sua esposa ele foi conferir suas soluções no laboratório e descobriu que um determinado vidro, que continha uma forte solução de alcalóides da fava-de-calabar, com os quais ele estivera fazendo experiências, fora enchido de água comum na qual só alguns traços da solução original permaneceram. Ele não podia dizer com certeza quando isso tinha sido feito porque não usava aquele preparado já há alguns dias.

Então foi considerada a questão do acesso ao laboratório. O dr. Franklin concordou que o laboratório normalmente ficava trancado e que ele guardava a chave em seu próprio bolso. Sua assistente, a srta. Hastings, tinha uma cópia. Qualquer um que quisesse entrar lá tinha que apanhar a chave com ele mesmo ou com ela. Sua esposa ocasionalmente pedia a chave emprestada, quando esquecia alguma coisa no laboratório. Ele mesmo nunca tinha tirado qualquer solução de fisostigmina do laboratório e trazido para dentro de casa ou para o quarto da esposa e achava que não havia qualquer possibilidade de ela ter apanhado o preparado por engano.

O investigador fez mais algumas perguntas e Franklin respondeu que sua esposa estava já há algum tempo num estado de nervos desolador. Não havia qualquer doença orgânica. Ela tinha crises de depressão e mudava de humor muito rapidamente.

Naqueles dias, explicou, ela estava alegre e ele achava que ela estava bem melhor de saúde e disposição. Não tinha havido qualquer discussão entre eles e estavam se dando bem. Na última noite sua esposa se mostrava de muito bom humor e nada melancólica.

Ele disse que sua esposa ocasionalmente falava em acabar com a própria vida mas que ele não considerava essas observações com muita seriedade. Instado a ser mais específico, respondeu que ela não era do tipo que se suicidaria. Essa era sua opinião de médico e também sua opinião pessoal.

A testemunha seguinte foi a enfermeira Craven. Ela estava com boa aparência e parecia muito eficiente em seu uniforme impecável, e suas respostas foram objetivas e profissionais. Ela tomava conta da sra. Franklin havia mais de dois meses. A sra. Franklin sofria de uma depressão grave. A testemunha já a tinha ouvido dizer pelo menos umas três vezes que "queria acabar com tudo", que sua vida não servia para nada e que ela era uma cruz na vida do marido.

— Por que ela disse isso? Houve alguma discussão entre eles?

— Não, não, mas ela sabia muito bem que seu marido recebera um convite para trabalhar no exterior. Ele havia recusado para não ter de deixá-la sozinha.

— E às vezes ela se sentia mal com isso?

— Sentia. Ela culpava sua péssima saúde e ficava toda sentida.

— O dr. Franklin tinha conhecimento disso?

— Não creio que ela tenha dito isso a ele muitas vezes.

— Mas ela estava sujeita a ataques de depressão?

— Ah, sim, definitivamente.

— Ela alguma vez mencionou especificamente a possibilidade de se suicidar?

— Acho que a frase "quero terminar com tudo" era a que ela usava.

— Ela nunca sugeriu qualquer método particular para acabar com a própria vida?

— Não. Ela era sempre muito vaga.

— Houve alguma coisa em especial que tenha sido causa de uma depressão ultimamente?

— Não, ela andava razoavelmente bem disposta nos últimos tempos.

— A senhora concorda com o dr. Franklin que ela estava bem disposta na noite em que morreu?

A enfermeira hesitou.

— Bem... ela estava muito agitada. Tinha passado um dia péssimo... reclamando de dores e tonturas. Parecia melhor durante a noite... mas sua vivacidade não era muito natural. Parecia um pouco desassossegada e artificial.

— A senhora viu algum vidro, ou alguma coisa que poderia conter o veneno?

— Não.

— O que ela comeu ou bebeu?

— Ela tomou sopa, uma costeleta, ervilhas e purê de batatas, e uma torta de cerejas. Acompanhando, tomou um copo de vinho borgonha.

— De onde era o vinho?

— Havia uma garrafa no seu quarto. Sobrou um pouco depois do jantar, mas acho que já foi examinado e não encontraram lá nenhum vestígio de veneno.

— Ela poderia ter posto o veneno no próprio copo sem que a senhora visse?

— Ah, claro, facilmente. Eu estava sempre entrando e saindo do quarto, arrumando as coisas. Eu não ficava o tempo todo olhando para ela. Ela tinha uma mala de couro na mesinha-de-cabeceira e também sua bolsa. Ela poderia ter posto qualquer coisa no vinho, ou mais tarde, no café, ou no leite quente que ela tomou por último.

— A senhora tem alguma idéia do que ela pode ter feito com o vidro ou a garrafa se houvesse algum?

A enfermeira Craven considerou.

— Bem, suponho que ela poderia ter jogado pela janela, mais tarde. Ou posto na lata de lixo, ou lavado na pia e posto de volta no armário de remédios. Há muitos vidros vazios lá. Eu os guardo porque são muito práticos.

— Qual foi a última vez que a senhora viu a sra. Franklin?

— Às 22h30. Eu a arrumei toda para dormir. Ela tomou o leite quente e disse que queria tomar uma aspirina.

— Como ela estava então?

A testemunha pensou um pouco.

— Bem, na realidade, ela estava como sempre... Não, eu diria que ela estava um pouco agitada demais.

— Mas não deprimida?

— Bem, não, mais tensa, digamos assim. Mas se é de suicídio que o senhor está falando, isso também pode tê-la levado a se suicidar. Ela poderia se sentir nobre ou excitada com isso.

— A senhora acha que ela era o tipo de pessoa que poderia atentar contra a própria vida?

Houve uma pausa. A enfermeira parecia estar tendo dificuldade em se decidir.

Finalmente respondeu:

— Bem, acho e não acho. Eu... bem, no geral acho que ela era capaz de se suicidar, sim. Era muito desequilibrada.

O depoimento seguinte foi o de Sir William Boyd Carrington. Ele estava sinceramente transtornado, mas deu seu testemunho com a maior clareza.

Ele tinha jogado *picquet* com a falecida na noite de sua morte. Não tinha notado qualquer sinal de depressão durante o jogo, mas eles tiveram uma conversa uns dias antes e a sra. Franklin tinha mencionado a vontade de querer acabar com a própria vida. Ela era uma mulher muito altruísta, e sentia-se profundamente desolada pelo fato de achar que estava atrapalhando a vida do marido. Era muito devotada a ele e muito possessiva. Às vezes ficava muito deprimida com seu estado de saúde.

Judith foi chamada, mas tinha pouco a contar.

Ela não sabia nada sobre a remoção da fisostigmina do laboratório. Na noite da tragédia a sra. Franklin pareceu-lhe normal, como sempre, talvez um pouco agitada demais. Nunca ouvira a sra. Franklin mencionar suicídio.

A última testemunha foi Hercule Poirot. Seu testemunho foi dado com muita ênfase e causou uma considerável impressão. Ele descreveu a conversa que tivera com ela no dia anterior à sua morte. Ela estava muito deprimida e havia expressado diversas vezes um desejo de acabar com tudo. Estava preocupada com a saúde e confidenciou a ele que tinha ataques de profunda melancolia quando achava que a vida não valia mais a pena ser vivida. Dizia às vezes que seria maravilhoso se pudesse ir dormir e nunca mais acordar.

Sua resposta seguinte causou ainda mais sensação.

— Na manhã de 10 de junho o senhor estava sentado perto da porta do laboratório?

— Estava.

— O senhor viu a sra. Franklin sair do laboratório?

— Vi.

— Ela estava carregando alguma coisa?

— Ela tinha na mão direita uma pequena garrafa que segurava com força.

— O senhor tem certeza?

— Absoluta.

— Ela se mostrou confusa quando viu o senhor?

— Ela ficou surpresa, só isso.

O investigador continuou com sua averiguação. Tinham de chegar a uma conclusão quanto à forma que ela morrera, disse. Eles não teriam dificuldade em apontar a *causa mortis*, as evidências médicas já tinham mostrado isso. A sra. Franklin tinha morrido por envenenamento por sulfato de fisostigmina. Tudo o que tinham de decidir era se ela havia tomado intencionalmente ou por acidente, ou se teria sido dado a ela por outra pessoa. Eles tomaram conhecimento de que a falecida tinha ataques de melancolia, que estava muito mal de saúde, e ao mesmo tempo que não tinha qualquer doença orgânica, seu estado nervoso era desolador. O sr. Hercule Poirot, uma testemunha cujo nome tem um certo peso, confirmou ter visto a sra. Franklin sair do laboratório com uma garrafinha na mão e afirmou que ela havia ficado surpresa ao vê-lo. Eles poderiam chegar à conclusão de que ela tirou o veneno do laboratório com a intenção de se suicidar. Ela parecia estar sofrendo de uma obsessão de estar atrapalhando a carreira do marido. É justo afirmar que o dr. Franklin era um marido gentil e afetuoso, e que nunca havia feito qualquer comentário negativo quanto à saúde delicada de sua esposa, ou qualquer reclamação de que ela estivesse atrapalhando sua carreira. A idéia era totalmente dela. Mulheres em situações de colapso nervoso persistente normalmente têm essas idéias. Não havia provas para determinar a hora exata nem o meio pelo qual o veneno fora ingerido. Era talvez um pouco estranho o vidrinho que originalmente continha o veneno não ter sido encontrado, mas era possível que, como foi sugerido pela enfermeira, a sra. Franklin o tenha lavado e posto de volta no armário de onde ela provavelmente o tirou. Era o júri que tinha de dar a decisão.

Chegaram ao veredicto sem muita demora.

O júri achava que a sra. Franklin tinha se suicidado num estado de insanidade temporária.

II

Meia hora mais tarde eu estava no quarto de Poirot. Ele parecia cansadíssimo. Curtiss o colocara na cama e o estava reanimando com um estimulante.

Eu estava morrendo de vontade de conversar, mas tive de me conter até que o criado acabasse e saísse do quarto.

Aí explodi.

— Foi mesmo verdade o que você disse Poirot? Que você viu um vidro na mão da sra. Franklin quando ela estava saindo do laboratório?

Um sorriso muito fraco saiu dos lábios azulados de Poirot. Murmurou:

— E *você* não viu, meu amigo?

— Não, não vi.

— Mas você poderia não ter notado, hein?

— É, isso talvez. Não posso jurar que ela não tinha nada nas mãos — olhei para ele com uma certa desconfiança. — A questão é, você está falando a verdade?

— Você acha que eu mentiria, meu amigo?

— Não duvidaria nada.

— Hastings, você me surpreende e me choca. Onde está sua convicção na minha palavra?

— Bem — reconheci —, não acho que você realmente cometeria perjúrio.

Poirot disse suavemente:

— Não seria perjúrio. Não estava sob juramento.

— Então foi uma mentira?

Poirot mexeu com a mão automaticamente.

— O que eu disse, *mon ami*, está dito. Não adianta nada discutir.

— Simplesmente não consigo entender você, Poirot!

— O que você não consegue entender?

— Seu testemunho... tudo aquilo sobre a sra. Franklin ter falado em se suicidar... sobre ela estar deprimida.

— *Enfin*, você mesmo ouviu-a falar tudo isso.

— Eu sei. Mas ela estava só numa de suas luas. Você não deixou isso muito claro.

— Talvez eu não quisesse.

Olhei para ele surpreso.

— Você *queria* que o veredicto fosse suicídio?

Poirot fez uma pausa antes de falar.

— Acho, Hastings, que você ainda não percebeu a gravidade da situação. É, isso mesmo, se você quiser pensar isso, eu queria que o veredicto fosse suicídio...

— Mas você não acha, no íntimo, que ela se suicidou, é isso?

Poirot fez que não com a cabeça, bem devagarinho.

— Você acha que ela foi assassinada?

— É, Hastings, ela foi assassinada.

— Então por que você quer abafar o caso, tê-lo resolvido e qualificado como suicídio? Isso bloqueia toda a investigação.

— Precisamente.

— E você quer isso?

— Quero.

— Mas *por quê*?

— Será possível que você não consegue ver? Deixe para lá, não vamos entrar nesse assunto. Você deve acreditar na minha palavra que *foi* assassinato, assassinato deliberado e preconcebido. Eu lhe disse, Hastings, que um crime seria cometido aqui e que seria pouco provável que nós pudéssemos impedi-lo, porque o assassino é inescrupuloso e firme.

Eu tremi e disse:

— E o que vai acontecer agora?

Poirot sorriu:

— O caso está solucionado, qualificado e definido como suicídio. Mas você e eu, Hastings, continuamos trabalhando por debaixo do pano. E, mais cedo ou mais tarde, *nós pegaremos X.*

— E suponhamos que nesse intervalo outra pessoa seja assassinada?

Poirot balançou a cabeça.

— Não acredito. A não ser, é claro, que alguém tenha visto alguma coisa ou saiba de alguma coisa, mas se fosse assim, eles já se teriam apresentado para dizer o que sabem...

Capítulo 15

I

Minha memória não consegue reconstituir claramente os dias que se seguiram à investigação sobre a morte da sra. Franklin. Houve, naturalmente, o enterro, em que estiveram presentes muitos curiosos de Styles St. Mary. Foi lá que uma senhora me abordou, uma senhora de olhos remelosos e uma aparência lúgubre.

Ela se chegou a mim no exato momento em que eu estava saindo do cemitério.

— Eu me lembro do senhor, não lembro, doutor?

— Bem, eh, possivelmente...

Ela foi falando quase sem ouvir nada do que eu dizia.

— Há uns vinte anos. Quando aquela senhora morreu ali na casa, Styles. Foi o primeiro assassinato que tivemos aqui. Não será o último... O marido dela acabou com ela bem direitinho, a velha Mrs. Inglethorp, todo o mundo dizia. Nós estávamos bem certos disso — lançou-me um olhar malicioso. — Talvez desta vez tenha sido o marido também.

— O que quer dizer com isso? — perguntei, ríspido. — A senhora não ouviu que o veredicto foi suicídio?

— Isso foi o que o investigador disse. Mas ele pode estar errado, o senhor não acha? — ela me deu uma cutucada. — Médicos, eles sabem muito bem como acabar com as esposas. E parece que ela não era lá grande coisa.

Virei-me para ela irritado e ela se afastou murmurando que não estava querendo insinuar nada, não estava acusando ninguém, só que é estranho, não é, acontecer uma segunda vez.

— E é estranho que o senhor estivesse presente nas duas vezes não é, doutor?

Por um momento fantástico me perguntei se ela suspeitava que eu tivesse cometido os dois crimes. Era muito inquietante. E certamente me fez perceber o quanto estranho, assombroso, é o falatório de província.

E no final das contas, ela não estava tão errada. Alguém tinha matado a sra. Franklin.

Como já disse, eu me lembro muito pouco daqueles dias. Em primeiro lugar, a saúde de Poirot estava me preocupando muito. Curtiss veio para mim com sua habitual falta de expressividade, e me contou que Poirot tivera um ataque de coração alarmante.

— Parece-me, senhor, que ele deveria ir a um médico.

Fui correndo ver Poirot que nem levou em consideração o que lhe sugeri. E isso não era muito dele. Na minha opinião, ele sempre fora muito zeloso com sua saúde. Evitando correntes de ar, sempre protegendo o pescoço com cachecóis de seda ou de lã, detestando ficar com os pés molhados, e pondo o termômetro e indo direto para a cama ao menor sinal de resfriado. — "Porque se não fosse assim teria uma *fluxion de poitrine*!" Na maioria das vezes que sentia dor, por menor que fosse, ia consultar o médico.

E agora, que estava realmente doente, fazia o oposto.

Mas talvez esse fosse o verdadeiro motivo. Aquelas indisposições *tinham* sido insignificantes. E agora, quando era um homem verdadeiramente doente, ele temia, talvez, admitir a realidade de sua doença. Fingia não dar muita importância porque estava com medo.

Ele reagiu aos meus protestos com raiva e insistência.

— Ah, mas já me consultei com médicos! E não foi só um não, foram muitos. Eu já estive com fulano e beltrano (deu o nome de dois especialistas) e o que eles fizeram? Me mandaram para o Egito onde fiquei muito pior. Estive também com R...

R, eu sabia ser um especialista em coração. Perguntei rapidamente.

— E o que ele disse?

Poirot me dirigiu um olhar súbito, rápido, de esguelha, mas que fez meu coração se despedaçar.

Falou calmamente:

— Ele fez por mim tudo o que pôde ser feito. Tenho meus tratamentos, meus remédios, tudo à mão. Além disso, não há mais nada a fazer. Assim, Hastings, chamar outros médicos não tem o menor valor. A máquina, *mon ami*, está se desgastando. E ninguém pode pôr um novo motor e fazê-la funcionar como antes como se faz com um carro.

— Mas, olhe aqui Poirot, deve haver alguma coisa que possa ser feita. Curtiss...

Poirot interrompeu com rispidez:

— Curtiss?

— É, ele veio me contar. Estava preocupado, você teve um ataque...

Poirot concordou com a cabeça:

— Eu sei, eu sei. Às vezes acontecem esses ataques, muito doloroso de se ver. Curtiss, acho, não está acostumado a esses ataques de coração.

— Você realmente não vai a médico nenhum?

— Não adianta mais nada, meu amigo.

Ele falou com muita delicadeza mas também com muita firmeza. E mais uma vez me veio uma dor no coração. Poirot sorriu, e disse:

— Esse, Hastings, será meu último caso. E será também meu caso mais interessante, e meu criminoso mais interessante. Porque X tem uma técnica soberba, magnífica, que me causa profunda admiração apesar de tudo. Até agora, *mon cher*, esse X tem operado com tanta habilidade que tem derrotado a mim, Hercule Poirot! Ele desenvolveu uma forma de ataque que não consegui ainda neutralizar.

— Se você estivesse bem de saúde... — comecei reconfortante.

Mas aparentemente não foi a coisa certa. Hercule Poirot ficou injuriado.

— Ah! quantas vezes será que eu vou ter de dizer para você, e depois quantas vezes mais, até você entender que não há necessidade de nenhum esforço *físico*? Só se precisa... pensar.

— Bem, é claro... é, e isso você pode fazer muito bem.

— Muito bem? Eu posso fazer isso estupendamente bem. Minhas pernas estão paralisadas, meu coração me prega peças, mas meu cérebro, Hastings, meu cérebro funciona sem o mínimo problema. Ainda é um cérebro de primeira linha, o meu.

— Isso — retruquei para reconfortá-lo — é esplêndido.

Mas enquanto descia as escadas, fiquei pensando que o cérebro de Poirot não estava mais captando as coisas tão rápido como poderia. Primeiro a sra. Luttrell escapando por pouco e agora a morte da sra. Franklin. E o que nós estávamos fazendo? Praticamente nada.

II

Foi no dia seguinte que Poirot me disse:

— Você sugeriu, Hastings, que eu fosse consultar um médico.

— Foi, Poirot. Eu me sentiria muito melhor se você fosse.

— *Eh bien*, eu consentirei. Quero ver o dr. Franklin.

— Franklin?

— Bem, ele é um médico, não é?

— É, mas... o que ele faz mais é pesquisa, não é?

— Sem dúvida. Ele seria um péssimo clínico-geral, na minha opinião. Ele não é suficientemente o tipo "que tem aquele jeito cabeceira da cama", entende. Mas ele tem suas qualidades. E digo mais: ele "conhece o seu *métier*", como ouvimos nos filmes de hoje em dia.

Eu não estava completamente satisfeito com essa resposta. Embora não duvidasse das habilidades de Franklin, ele sempre me pareceu impaciente e sem o menor interesse pelas agruras humanas. Possivelmente muito capaz para a pesquisa, mas não tão bom para os doentes que poderia atender.

No entanto, Poirot consultar um médico era uma importante concessão e, como ele não tinha qualquer atendimento, Franklin concordou em examiná-lo. Mas explicou que, se um atendimento regular fosse necessário, um clínico-geral dali mesmo da cidade devia ser chamado. Ele não podia tomar conta do caso.

Franklin ficou muito tempo com ele.

Quando finalmente ele saiu, eu o esperava. Levei-o para meu quarto e fechei a porta.

— E então? — perguntei ansioso.

Franklin falou pensativo:

— Ele é um homem extraordinário.

— Ah, isso eu sei, é mesmo — deixei de lado essa afirmação evidente. — Mas e a saúde?

— Ah, a saúde? — Franklin parecia bastante surpreso, como se eu tivesse mencionado uma coisa totalmente sem importância.

— Bem, sua saúde está péssima, é claro.

Eu achei que não era uma maneira muito profissional de colocar as coisas. E no entanto Judith tinha me contado que Franklin fora um dos alunos mais brilhantes de seu tempo.

— Mas ele está muito mal? — perguntei.

Ele me lançou um olhar:

— Você quer mesmo saber?

— É claro.

O que esse idiota acha?

Ele me contou tudo de uma vez:

— A maioria das pessoas não quer saber. Eles querem uma balela reconfortante. Eles querem esperança. Eles querem ser reconfortados por meio de mentirinhas. E naturalmente algumas recuperações inacreditáveis acontecem. Mas não acontecem no caso de Poirot.

— Você quer dizer que... — mais uma vez meu coração ficou gelado.

Franklin confirmou:

— Ah, não tenha dúvida. Não tem mais jeito. E eu diria que não demora muito. Eu não deveria estar lhe dizendo isso se ele não tivesse me autorizado.

— Então, ele sabe.

— Sabe muito bem. O coração dele pode parar a qualquer momento. Não se pode dizer exatamente *quando*, naturalmente.

Fez uma pausa e continuou:

— Pelo que ele diz, percebi que estava preocupado em terminar um negócio, um negócio que, como ele mesmo disse, ele se incumbiu de terminar. Você sabe alguma coisa sobre isso?

— Sei, sim — respondi.

Franklin me lançou um olhar muito interessado.

— Ele quer ter certeza de poder terminar o trabalho.

— Entendo.

Eu me perguntava se John Franklin tinha alguma idéia do que seria esse trabalho!

Ele disse então devagar:

— Espero que ele consiga. Pelo que falou, parece uma coisa muito importante para ele. — Fez uma pausa e afirmou: — Ele tem uma mente muito metódica.

Perguntei ansioso:

— Não há nada que eu possa fazer, nenhum tratamento...

Ele fez que não com a cabeça.

— Nada feito. Ele já tem ampolas de nitrato de amila para tomar quando sentir que vai ter um ataque.

E então ele disse uma coisa muito curiosa.

— Ele tem um respeito muito grande pela vida humana, não é?

— É, suponho que tem mesmo.

Quantas vezes já não tinha ouvido Poirot dizer: "Eu não aprovo assassinatos." Essa maneira de dizer as coisas com um certo eufemismo e com uma certa meticulosidade sempre me impressionou muito.

Franklin continuava:

— Essa é a diferença entre nós dois. Eu não tenho...!

Olhei para ele com um ar de curiosidade. Ele inclinou a cabeça e sorriu.

— É bem verdade — disse. — Como a morte vem de qualquer jeito, o que importa se chega cedo ou se chega tarde? A diferença é muito pequena.

— Então o que o fez ser médico se o senhor pensa assim? — perguntei com uma certa indignação.

— Ah, meu caro amigo, o tratamento médico não é só uma maneira de escapar ao derradeiro fim. É muito mais, é para melhorar *a vida.* Se um homem saudável morre, não tem muita importância. Se um imbecil, um débil mental, morre é uma coisa boa, mas se com uma nova descoberta se tratar uma glândula e transformar o débil mental em um indivíduo sadio corrigindo uma deficiência tiroidiana, isso, para mim, tem muita importância.

Olhei para ele com mais interesse. Continuava achando que não seria o dr. Franklin quem eu chamaria para me tratar de uma gripe mais forte, mas tinha de dar a mão à palmatória por sua sinceridade, que era uma característica muito forte nele. Tinha notado umas mudanças nele desde que a esposa morrera. Ele não manifestara quaisquer sinais convencionais de luto. Ao contrário, parecia mais vivo, menos distraído e cheio de energia e fogo.

Ele disse bruscamente, interrompendo meus pensamentos:

— Você e Judith não são muito parecidos, são?

— Não, acredito que não.

— Ela é parecida com a mãe?

Pensei um pouco, e levemente fiz que não com a cabeça:

— Nem tanto. Minha esposa era uma pessoa alegre, risonha. Não levava nada a sério, e tentava me convencer de fazer o mesmo, devo dizer sem muito sucesso.

Ele deu um sorrisinho tímido.

— Não, você faz mais o gênero do superpai, não é? É o que Judith diz. Judith não ri muito, uma moça muito séria. Muito trabalho eu acho. Minha culpa.

Ele ficou pensativo. Eu disse de forma pouco natural:

— Seu trabalho deve ser muito interessante.

— Hein?

— Estou dizendo que o seu trabalho deve ser interessante.

— Só para uma meia dúzia de pessoas. Para o resto é uma chatice tremenda, e provavelmente estão certos. De qualquer forma... — jogou a cabeça para trás, aprumou os ombros, e subitamente estava parecendo o que ele era mesmo, um homem forte e viril — agora tenho uma oportunidade! Meu Deus, tenho vontade de berrar para o mundo todo. O Instituto Minister me avisou hoje. O emprego ainda não foi preenchido e é meu. Começo em dez dias.

— Você vai para a África?

— É, vou. É maravilhoso.

— Tão cedo! — fiquei um pouco chocado.

Ele me olhou fixamente.

— O que é que você quer dizer com *cedo*? Ah! — suas sobrancelhas relaxaram. — Você quer dizer depois da morte de Bárbara? E por que não? Não adianta ficar fingindo, não é, que sua morte não foi um grande alívio para mim.

Ele parecia estar se divertindo com a expressão de meu rosto.

— Infelizmente, não tenho tempo para atitudes convencionais. Eu me apaixonei por Barbara, ela era uma moça muito bonita. Casei-me com ela e deixei de amá-la, tudo isso em menos de um ano. Eu acho que não durou nem isso. Foi uma decepção para ela, naturalmente. Ela achava que poderia me modificar. Não podia. Eu sou um bárbaro egoísta e teimoso, e só faço o que quero.

— Mas você recusou o emprego na África por causa dela — lembrei a ele.

— É. Mas isso foi por razões puramente financeiras. Eu me comprometi a sustentar Barbara no padrão de vida a que ela estava acostumada. Se eu tivesse ido, isso significaria que teria de deixá-la com muito pouco dinheiro. Mas agora — sorriu, um sorriso franco, de menino — a sorte sorriu para mim.

Fiquei revoltado. É verdade que muitos homens que perdem suas esposas não ficam exatamente com o coração partido e todo o mundo mais ou menos aceita isso. Mas isso era demais.

Ele notou em meu rosto a expressão de desagrado, mas não quis dizer nada.

— A verdade quase nunca é apreciada. E no entanto se ganha muito tempo e se evita muita conversa fiada falando a verdade.

Repliquei rispidamente:

— E não lhe causa nenhuma preocupação o fato de sua mulher ter se suicidado?

Ele respondeu pensativo:

— Eu não acredito muito que ela tenha se suicidado. Muito pouco provável...

— Mas, então, o que aconteceu?

Ele me pegou:

— Não sei. E nem acho que quero saber, entende?

Olhei para ele. Seus olhos estavam duros, sem emoção.

Ele repetiu:

— Não quero saber. Não estou interessado. Entendeu?

Não entendi... e não gostei.

III

Não sei quando foi que notei que Stephen Norton estava com alguma coisa a preocupá-lo. Desde a investigação andava falando pouco, e depois do enterro ainda ficava passeando, de cabeça baixa, os olhos no chão e a testa franzida. Tinha o hábito de passar a mão no cabelinho grisalho até ficar levantado. Era engraçado mas bem inconsciente e denotava alguma perplexidade. Respondia às nossas perguntas distraído, e afinal acabou me abordando dizendo-se preocupado com uma coisa. Perguntei a ele se tivera alguma notícia desagradável, ao que ele prontamente respondeu que não. Isso encerrou o assunto por algum tempo.

Mas um pouco mais tarde ele parecia estar querendo saber alguma coisa de mim, e fazia isso de uma forma pouco sutil e cheia de rodeios.

Gaguejando um pouco, como sempre fazia quando o assunto era sério, começou com uma história sobre discutir um ponto de vista ético.

— Você sabe, Hastings, deveria ser tremendamente simples dizer quando uma coisa está certa ou errada, mas quando se está diante de um fato assim, a coisa não é tão simples. Quero dizer, alguém pode chegar a descobrir uma coisa, o tipo de coisa, sabe, com a qual ele não tem nada que se meter, por uma espécie de acidente, e é o tipo da coisa que não se pode aproveitar, e no entanto pode ser tremendamente importante. Você está entendendo o que quero dizer?

— Não muito bem — confessei.

Norton franziu as sobrancelhas outra vez. Passou a mão pelo cabelo deixando-o em pé como ele sempre usava.

— É tão difícil explicar. O que eu quero dizer é que, digamos que você tenha lido uma coisa numa carta que não foi endereçada a você, aberta por engano, você sabe, uma carta de outra pessoa e que você começa a ler porque pensa que foi escrita para você, e então lê uma coisa que não é para você ler, antes de notar. Isso acontece, você sabe, não é?

— Sei, claro.

— Bem, então, o que se deve fazer?

— Bem — pensei um pouco no assunto —, vamos supor que eu vá até a pessoa e diga: "Por favor, me desculpe mas abri sua carta por engano."

Norton suspirou. Ele disse que não era assim tão simples.

— Entenda bem, Hastings, você leu uma coisa bastante embaraçosa.

— Que iria deixar a *pessoa* numa situação embaraçosa, é isso? Acho então que você deve fingir que não chegou a ler a carta, que você percebeu o engano a tempo.

— É — Norton murmurou depois de uma pausa, mas não parecia ainda satisfeito com essa solução.

— Dava tudo para saber exatamente o que eu devo fazer — ele disse com uma certa ansiedade.

Respondi que não via outra alternativa.

Norton falou então, com a testa ainda franzida:

— Mas veja bem, Hastings, não é tão simples assim. Suponhamos que o que você leu era, digamos, muitíssimo importante para a outra pessoa.

Perdi a paciência.

— Ora, Norton, não estou entendendo nada do que você está dizendo. Você não pode ficar por aí lendo as cartas dos outros, não é?

— Não, não, claro que não. Não é isso. E de qualquer forma, não foi nem uma carta. Eu só falei aquilo para tentar explicar melhor a coisa para você. Naturalmente que qualquer coisa que você visse, escutasse ou lesse, sem querer, você guardaria segredo, a não ser...

— A não ser o quê?

Norton falou bem devagar:

— A não ser que fosse uma coisa que você *tivesse* de contar.

Olhei para ele com o interesse renovado. Continuou:

— Olha aqui, vamos ver isso de outro ângulo. Digamos que você viu uma coisa por um... por um buraco de fechadura...

Buracos de fechadura me faziam lembrar de Poirot. Norton continuava falando:

— O que eu quero dizer é que você olha pelo buraco da fechadura, a chave está presa e você olha para ver se já soltou, ou por alguma razão muito forte, e você nunca esperava ver o que viu...

Por um momento me desliguei do que Norton estava dizendo porque já estava muito adiante de suas frases hesitantes e cacetes. Eu me lembrei do dia em que nós estávamos no bosque e Norton pegou o binóculo para ver um pica-pau malhado. Eu me lembrei do modo como ficou aflito e embaraçado, e de seus esforços para me impedir de olhar. Ali naquela hora eu imaginei que o que ele vira tinha alguma coisa a ver *comigo*, de fato pensei que podia ser Allerton e Judith. Mas se não fosse isso? Se o que ele tinha visto fosse uma coisa completamente diferente? Achei que tinha alguma coisa a ver com Judith e Allerton porque estava preocupadíssimo com eles e não conseguia pensar em outra coisa.

Então eu disse bruscamente:

— Foi alguma coisa que você viu com o binóculo, não foi?

Norton estava ao mesmo tempo surpreso e aliviado.

— Puxa, Hastings, como você adivinhou?

— Foi naquele dia em que você, eu e Elizabeth Cole estávamos ali perto do bosque, não foi?

— Foi isso mesmo.

— E você não quis me mostrar?

— Não. Bem, para falar a verdade, aquilo não era para ser visto por ninguém.

— O que era?

Norton franziu a testa outra vez.

— Esse é que é o problema. Será que devo dizer? Isto é, eu estava, digamos, espionando. Vi uma coisa que não deveria ter visto. Não estava querendo ver, o que eu estava querendo ver era o pica-pau, um espécime lindo, e então vi aquilo.

Parou. Eu estava curiosíssimo, mas respeitei seus escrúpulos. Perguntei então:

— Era alguma coisa... alguma coisa importante?

Ele respondeu bem devagar:

— Aí é que está. Poderia ser importante. Não sei.

Fiz outra pergunta:

— Tem alguma coisa a ver com a morte da sra. Franklin?

Ele se surpreendeu.

— Engraçado você dizer isso.

— Então, tem?

— Não, não diretamente. Mas poderia ter. As coisas seriam vistas então de outro ângulo. O que significaria que, ah, mas que diabo, não *sei* mesmo o que fazer.

Eu estava num dilema. Estava morrendo de curiosidade, e no entanto sentia que Norton estava muito relutante em contar o que tinha visto. Eu podia entender isso. Se estivesse no lugar dele estaria sentindo a mesma coisa. É sempre muito desagradável descobrir uma coisa de uma maneira que os outros certamente considerariam duvidosa.

Então tive uma idéia.

— Por que você não procura Poirot?

— Poirot? — Norton parecia um pouco em dúvida.

— É, pergunte o que ele acha.

— Bem — disse Norton —, é uma idéia. Só que ele é estrangeiro... — parou, um pouco sem graça.

Sabia o que ele queria dizer. As observações sarcásticas de Poirot sobre "entrar no jogo" me eram muito familiares. Só me pergunto como é que Poirot não teve a idéia de usar o binóculo ele mesmo! Ele certamente ficaria olhando "os pássaros" por aí se tivesse pensado nisso.

— Ele manteria seu segredo, não tenha dúvida. E você não precisa fazer o que ele disser, se você não concordar.

— Isso é verdade — respondeu Norton, mais animado. — Sabe, Hastings, é isso mesmo o que vou fazer.

IV

Fiquei bobo com a reação de Poirot à minha informação.

— O que você está dizendo, Hastings?

Deixou cair um pedaço de torrada na mesa, se esticou todo para a frente para me escutar.

— Conta de novo. Conta logo.

Repeti a história.

— Ele viu qualquer coisa com o binóculo aquele dia — repetiu Poirot pensativo. — Alguma coisa que ele não pode contar a você. — Pegou no meu braço e perguntou:

— Ele não contou isso a mais ninguém?

— Creio que não. Quer dizer, tenho certeza que não.

— Tenha muito cuidado, Hastings. É fundamental que você não conte isso a ninguém, nem mesmo uma pequena palavra. Poderia ser muito perigoso.

— Perigoso?

— Muito perigoso.

O rosto de Poirot estava sombrio

— Arranje com ele, *mon ami*, um encontro aqui em cima hoje à noite. Só uma visitinha comum, está entendendo? Não deixe ninguém suspeitar que existe qualquer razão especial para ele vir aqui. E tenha cuidado Hastings, tenha muito cuidado. Quem mais estava com vocês aquele dia?

— Elizabeth Cole.

— Ela notou alguma coisa estranha no jeito dele?

Tentei me lembrar.

— Não sei. Talvez tenha notado. Posso perguntar a ela se...

— Não vai perguntar nada a ninguém, Hastings, absolutamente nada.

Capítulo 16

I

Dei o recado de Poirot a Norton.

— Está ótimo, vou lá mais tarde. Gostaria muito mesmo. Mas, sabe, Hastings, estou arrependido de ter contado tudo isso a você. Por favor, me desculpe, sim?

— Falando nisso — perguntei —, você falou sobre isso com mais alguém?

— Não, que nada, não, claro que não.

— Você tem certeza?

— Absoluta, não disse nada a ninguém.

— Bom, então não diga nada mesmo. Pelo menos até seu encontro com Poirot.

Notei uma certa hesitação no tom de sua voz quando me respondeu pela primeira vez, mas a confirmação foi bastante firme. No entanto, eu me lembraria daquela hesitação mais tarde.

II

Voltei ao outeirozinho onde estivéssemos naquele dia. E lá encontrei Elizabeth Cole! Ela se voltou para mim quando eu estava quase chegando.

— O senhor está com uma expressão muito agitada, capitão Hastings. Algum problema?

Tentei me acalmar um pouco.

— Não, não há nada não. Estou só com um pouco de falta de ar porque subi correndo. — E acrescentei com uma voz natural, comum: — Parece que vai chover.

Ela olhou para o céu:

— É, também acho.

Ficamos em silêncio por alguns instantes. Havia alguma coisa naquela mulher que me atraía bastante. Desde que ela me contou quem realmente era e a tragédia que acabara com sua vida, eu tinha me interessado nela. Duas pessoas infelizes têm um enorme laço em comum. Mas para ela poderia haver — ou eu estava imaginando? — uma segunda chance. Impulsivamente disse:

— Estou longe de estar agitado hoje, estou é muito deprimido. Tive umas notícias muito desagradáveis sobre meu querido amigo.

— Sobre o M. Poirot?

Seu tom interessado me levou a desabafar com ela. Quando terminei, ela comentou de modo suave:

— Entendo. Então, o fim pode chegar a qualquer momento?

Fiz que sim com a cabeça, sem conseguir falar.

Depois de uns minutos eu disse:

— Quando ele se for, aí eu estarei realmente só neste mundo.

— Mas não, o senhor tem Judith. E seus outros filhos.

— Eles estão todos espalhados pelo mundo, e Judith, bem, ela tem seu trabalho, não precisa de mim.

— Fico achando que os filhos não precisam dos pais até que tenham algum problema. Eu deveria poder convencê-lo dessa lei fundamental. Sou muito mais só que o senhor. Minhas duas irmãs estão muito longe, uma nos Estados Unidos, a outra na Itália.

— Minha querida, sua vida está apenas começando.

— Aos 35 anos?

— O que são 35 anos? Quisera eu ter 35. — E acrescentei maliciosamente: — Não sou cego, sabe.

Ela se virou para mim com um olhar inquiridor, e depois corou.

— O senhor não acha que... não, Stephen Norton e eu somos apenas amigos. Nós temos muito em comum...

— Melhor ainda.

— Ele... ele só é muito gentil.

— Ah, minha cara. Não acredite que seja só gentileza. Nós homens não somos assim.

Mas Elizabeth Cole de repente ficou pálida. Ela disse em voz baixa, forçada:

— O senhor é cruel, cego! Como posso pensar em casamento. Com o meu passado. Com uma irmã assassina, e como se isso não bastasse, louca. Não sei o que é pior.

Repliquei energicamente:

— Não deixe que isso fique remoendo em sua cabeça. Lembre-se, pode não ser verdade.

— O que quer dizer? É verdade.

— Você não se lembra mais do que me contou naquele dia: "Não foi Maggie"?

Ela respirou fundo.

— A gente imagina isso.

— O que uma pessoa imagina às vezes pode ser verdade.

Ela olhou fixamente para mim.

— O que o senhor quer dizer com isso?

— Sua irmã — falei — não matou seu pai.

Sua mão foi até a boca. Seus olhos, arregalados e assustados, olharam os meus.

— O senhor está maluco — ela disse. — O senhor tem de estar maluco. Quem lhe contou isso?

— Não importa — respondi. — É a mais pura verdade. Algum dia vou lhe provar.

III

Perto da casa esbarrei em Boyd Carrington.

— Essa é a minha última noite aqui — ele me contou. — Eu me mudo amanhã.

— Para Knatton?

— É.

— Isso deve alegrá-lo muito.

— Será? É, acho que sim — deu um suspiro. — De qualquer forma, Hastings, não me importo de lhe dizer, estou aliviado por ir embora daqui.

— A comida é péssima e o serviço não é lá essas coisas.

— Não se trata disso. E além do mais, é muito barato, e não se pode esperar muito desses lugares. Não, Hastings, eu não estava me referindo à falta de conforto. Não gosto dessa casa, há uma espécie de força maligna aqui. Coisas terríveis acontecem aqui.

— Acontecem mesmo.

— Não sei o que é. Talvez a casa em que se deu um assassinato nunca seja mais a mesma coisa... Mas não gosto dela. Primeiro aquele acidente com a sra. Luttrell, uma coisa muito desagradável. E depois a coitadinha da Bárbara — fez uma pausa. — A pessoa mais improvável de ter se suicidado, *eu* diria.

Hesitei.

— Bem, não chegaria a tanto, mas...

Ele me interrompeu.

— Mas eu chegaria. Que diabo, passei com ela a maior parte do dia anterior à sua morte. Ela estava muito bem disposta, adorou nosso passeio. A única coisa que a estava preocupando era que John ficasse muito envolvido lá com suas experiências, e experimentasse uma daquelas porcarias nele mesmo. Você quer saber o que eu acho, Hastings?

— Quero.

— Que foi aquele marido dela o responsável por sua morte. Brigava com ela. Ela estava sempre bem feliz quando estava comigo. Ele vivia dizendo que ela atrapalhava sua maravilhosa carreira. Como se ele tivesse uma *carreira*! Isso acabou com ela. E como ele foi insensível, não deu a menor bola. Chegou a me contar com a cara mais deslavada desse mundo que agora ia para a África. Sabe do que mais, Hastings, não me surpreenderia nada se fosse ele quem a tivesse assassinado.

— Você não está falando sério.

— Não, não estou mesmo. Mas só porque, veja bem, se ele a tivesse assassinado, não faria daquela maneira. Sabia-se que ele trabalhava com aquele negócio de fisostigmina, portanto é lógico que se ele tivesse acabado com ela, não usaria aquilo. Mas, mesmo assim, Hastings, não sou o único a suspeitar de Franklin. Eu tive uma informação de alguém que conhece bem o caso.

— E quem foi? — perguntei.

Boyd Carrington abaixou a voz:

— A enfermeira Craven.

— O quê? — estava estupefato.

— Sssh. Não fale tão alto. É isso mesmo, foi a enfermeira quem me convenceu disso. Ela é uma pessoa muito esperta, tem a cabeça no lugar. Ela não gosta de Franklin, nunca gostou.

Fiquei pensando. Deveria ter dito que ela não gostava era da paciente. Subitamente me ocorreu que a enfermeira devia saber muita coisa da vida doméstica dos Franklin.

— Ela vai passar a noite aqui — disse Boyd Carrington.

— Como? — mais uma vez me surpreendi. Ela tinha ido embora logo depois do enterro.

— Só uma noite enquanto não segue para a casa de outro paciente — explicou Boyd Carrington.

— Ah, sei.

Estava vagamente inquieto com a volta da enfermeira Craven, mas não sabia dizer por quê. Haveria alguma razão especial para ela voltar? Ela não gostava de Franklin...

— Ela não tem o direito de ficar por aí dizendo coisas do dr. Franklin. Afinal de contas foi seu testemunho que ajudou a estabelecer a hipótese de suicídio — eu era muito veemente. — O dela e o de Poirot, que viu a sra. Franklin saindo do laboratório com um frasco na mão.

— E o que quer dizer um frasco? Mulheres estão sempre carregando frascos, vidrinhos disso e daquilo, perfumes, esmaltes, acetona. Sua filha estava andando por aí com um vidro na mão, e isso não quer dizer que *ela* estava pensando em se suicidar, quer? Bobagem!

Ele parou de falar quando viu Allerton chegando. Muito apropriadamente, de uma maneira bem melodramática houve um pequeno estrondo de trovão ao longe. Pensei, então, o que já havia pensado antes: "Allerton era perfeito para o papel de vilão."

Mas ele não estava na casa na noite da morte de Barbara Franklin. E além disso, que motivo teria para matá-la?

Mas X nunca tinha um motivo. Era essa a força que o fazia quase inexpugnável. Era isso, e só isso que estava fazendo com que demorássemos a pegá-lo. E no entanto aquele pequeno lampejo podia vir a qualquer momento.

IV

Devo dizer aqui que nunca, por um segundo sequer, duvidei de que Poirot resolveria o caso. No conflito entre Poirot e X nunca considerei a vitória de X. Apesar da fraqueza e péssima saúde de Poirot acreditava nele e o considerava o melhor dos dois. Eu estava acostumado a ver Poirot vencer, entendam.

Foi o próprio Poirot quem primeiro despertou uma dúvida em minha mente.

Passei pelo quarto dele antes de descer para o jantar. Agora eu não me lembro bem o que o fez dizer aquilo, mas a certa altura ele usou a frase "se alguma coisa acontecer comigo".

Protestei imediatamente e fui veemente. Não ia acontecer nada, não podia acontecer nada.

— *Eh bien*, então você não ouviu com atenção o que o dr. Franklin lhe contou.

— Franklin não sabe. Você ainda dura mais uns bons anos, Poirot.

— É possível, meu amigo, embora extremamente improvável. Mas eu estou falando agora no particular e não no geral. Embora eu possa morrer muito breve, talvez não seja suficientemente breve para satisfazer nosso amigo X.

— O quê? — meu rosto estampava minha perplexidade.

— Mas sim, Hastings. Afinal de contas X é inteligente. Aliás, muitíssimo inteligente. E X não pode deixar de perceber que minha eliminação, mesmo que acontecesse só alguns dias antes de uma morte natural, seria altamente vantajosa para ele.

— Mas então... mas então... o que aconteceria? — eu estava desnorteado.

— Quando o comandante cai, *mon ami*, o segundo em comando assume. Você continuará.

— Mas como eu poderia? Estou completamente no escuro.

— Eu já tratei disto. Se alguma coisa me acontecer, meu amigo, você encontrará aqui — bateu numa mala de couro ao seu lado — todas as pistas de que você vai precisar. Está vendo? Tratei das coisas para qualquer eventualidade.

— Mas realmente não há necessidade de ser tão esperto. Basta me contar tudo o que eu tiver que saber agora.

— Não, meu amigo. O fato de você não saber o que eu sei é um bem muito valioso.

— Você me deixou um relatório completo, explicadinho?

— Claro que não. Isso poderia cair nas mãos de X.

— Então o que você deixou?

— Indicações. Não significarão nada para X, pode ter certeza disto, mas levarão você a descobrir a verdade.

— Não tenho tanta certeza assim. Por que você tem de ter uma mente tão complicada, Poirot? Você sempre gosta de fazer tudo da maneira mais difícil. Você sempre tem de fazer as coisas mais difíceis!

— E que agora se transformou numa mania? É isso que você diria? Talvez. Mas fique tranqüilo, minhas indicações o levarão à verdade. E talvez então, você desejará que elas não o tivessem levado tão longe. Você preferirá dizer: "*Que caia o pano.*"

Alguma coisa em sua voz me causou de novo aquele pavor vago, ainda desconhecido em sua essência, que já havia sentido umas duas ou três vezes. Era como se em algum lugar, bem perto, estivesse uma coisa que eu não queria ver, que eu não suportaria reconhecer. Alguma coisa que bem lá no fundo, *eu já sabia...*

Afastei esse sentimento e desci para jantar.

Capítulo 17

I

O jantar esteve bastante agradável. A sra. Luttrell estava de volta à mesa e no melhor de seu falso humor irlandês. Franklin estava animado e alegre como nunca antes o vira. Pela primeira vez via a enfermeira Craven sem seu uniforme. Ela se mostrava certamente uma mulher muito atraente agora que se despojara de sua discrição profissional.

Depois do jantar a sra. Luttrell sugeriu que jogássemos uma partida de bridge, mas no fim tivemos outros jogos. Por volta das 21h30 Norton disse que ia subir para falar com Poirot.

— Boa idéia — disse Boyd Carrington. — Soube que ele esteve bem mal ultimamente. Também vou.

Eu tinha de fazer alguma coisa rápido.

— Olha, se você não se importa, ele fica muito cansado quando tem de falar com mais de uma pessoa de cada vez.

Norton entendeu a dica e disse rapidamente:

— Prometi a ele que iria lhe emprestar um livro sobre pássaros.

— Então está bem. Você volta, Hastings? — Boyd Carrington perguntou.

— Volto.

Fui até lá em cima com Norton. Poirot estava esperando. Depois de umas palavrinhas desci novamente. Começamos a jogar *rummy*.

Senti que Boyd Carrington não estava gostando muito da atmosfera alegre de Styles esta noite. Talvez estivesse pensando que ainda era muito cedo para se esquecerem da tragédia. Estava desligado, quase sempre se esquecia de jogar, e finalmente se desculpou e pediu para parar.

Foi até a janela e a abriu. O trovão podia ser ouvido claramente a distância. Havia uma tempestade por perto, mas ainda não havia nos alcançado. Ele fechou a janela outra vez e voltou. Ficou por ali nos vendo jogar por uns dois ou três minutos. E depois subiu para o quarto.

Fui para a cama às 22h45. Não fui até o quarto de Poirot. Ele devia estar dormindo. E ainda por cima estava cansado de discutir Styles e seus problemas. Eu queria era dormir, dormir e esquecer.

Estava quase dormindo quando ouvi um barulho. Pensei que talvez fosse uma batida na porta. Disse "Pode entrar", mas como ninguém respondeu, acendi a luz, me levantei e olhei no corredor.

Vi Norton sair do banheiro e entrar no quarto. Vestia um robe xadrez de uma cor horrível, e seu cabelo estava levantado como sempre. Entrou no quarto e fechou a porta, e logo depois ouvi-o girando a chave.

Ouvi um do trovão um pouco mais alto. A tempestade estava se aproximando.

Voltei para a cama com uma sensação de desassossego induzida pelo barulho daquela chave girando na fechadura.

Sugeria, muito longe, possibilidades sinistras. Será que Norton trancava a porta toda noite? Será que Poirot o tinha aconselhado a isso? Eu me lembrei com súbito mal-estar como a chave da porta do quarto de Poirot tinha desaparecido misteriosamente.

Deitei na cama e minha inquietação crescia enquanto a tempestade se somava a meu nervosismo. Afinal levantei e tranquei minha porta. Voltei para a cama e dormi.

II

Fui até o quarto de Poirot antes de descer para o café.

Ele estava ainda na cama e fiquei impressionado com sua aparência. Seu rosto estava todo marcado com rugas de cansaço e aborrecimentos.

— Como vai, meu velho?

Sorriu um pouco para mim.

— Vou indo, meu amigo. Ainda existo.

— Não está sentindo nenhuma dor?

— Não, só cansaço — suspirou —, muito cansaço.

— E como foi ontem à noite? Norton lhe contou o que viu lá no outro dia?

— Ele me contou, sim.

— E o que foi?

Poirot me olhou pensativo durante algum tempo antes de responder.

— Não estou bem certo se devo lhe dizer, Hastings. Você poderia interpretar mal.

— O que foi?

— Norton me contou que viu duas pessoas...

— Judith e Allerton — gritei. — Eu sabia que eram eles o tempo todo.

— *Eh bien, non. Não* Judith e Allerton. Eu não lhe disse que você poderia interpretar mal? Você é um homem com idéia fixa!

— Desculpe — falei um pouco envergonhado —, me diga quem era.

— Eu lhe conto amanhã. Tenho muita coisa em que pensar.

— Traz alguma... alguma luz sobre o caso?

Poirot fez que sim com a cabeça. Fechou os olhos, recostou se nos travesseiros.

— O caso terminou. É, terminou. Só falta esclarecer uns últimos detalhes. Vá tomar café, meu amigo. No caminho, mande Curtiss aqui.

Fiz o que ele disse e desci. Eu queria ver Norton. Estava muito curioso para saber o que ele tinha contado a Poirot.

Subconscientemente ainda não estava satisfeito. A falta de júbilo da parte de Poirot não me agradou. Por que esse segredo constante? Por que aquela tristeza profunda, inexplicável? Qual era a *verdade* atrás daquilo tudo?

Norton não estava na mesa do café.

Mais tarde saí para dar um passeio no jardim. O ar estava fresco depois da tempestade. Notei que chovera muito. Boyd Carrington estava no gramado. Gostei muito de vê-lo e desejava lhe contar tudo. Sempre quis, o tempo todo. Estava muito tentado a fazê-lo agora. Poirot não estava em condições de continuar sozinho.

Boyd Carrington estava tão saudável, tão seguro, que senti uma onda de calor e tranqüilidade.

— Você acordou tarde hoje — comentou.

— É, custei a dormir — concordei.

— Que tempestade ontem à noite, hein? Chegou a escutar?

Eu me lembrava agora que estivera consciente do estrondo dos trovões enquanto dormia.

— Estava me sentindo um pouco mal ontem à noite. Estou bem melhor hoje. — Esticou os braços e bocejou.

— Onde está Norton? — perguntei.

— Acho que ainda não acordou, o preguiçoso.

Olhamos para cima ao mesmo tempo. De onde nós estávamos a janela do quarto de Norton ficava bem em cima de nossas cabeças. Eu me surpreendi. De todas as janelas a única que ainda estava fechada era a de Norton.

— Que estranho. Será que esqueceram de chamá-lo?

— É meio esquisito. Espero que ele não esteja doente. Vamos lá ver.

Subimos juntos. A camareira, uma menina meio boba, estava no corredor. Quando perguntamos, respondeu que o sr. Norton não havia respondido quando ela bateu na porta. Ela bateu mais de uma vez mas ele parecia não ouvir. A porta estava trancada.

Um terrível pressentimento tomou conta de mim. Bati na porta com toda a força, gritando:

— Norton, Norton, acorda.

E mais uma vez com uma inquietação crescente:

— Acorda...

III

Quando ficou claro que não haveria resposta, fomos procurar o coronel Luttrell. Ele nos ouviu e ficou alarmado, cofiando nervosamente seu bigode.

A sra. Luttrell, sempre pronta a tomar decisões, não vacilou:

— Temos de abrir aquela porta de qualquer jeito. Não há mais nada a fazer.

Pela segunda vez em minha vida vi uma porta ser arrombada em Styles. Atrás da porta, a mesma cena eu vira anos atrás. *Uma morte violenta.*

Norton estava deitado na cama. Usava o roupão. A chave da porta estava no bolso. Na mão, uma pequena pistola, parecia um brinquedo, mas servia perfeitamente a seu propósito. Havia um buraquinho bem no meio de sua testa.

Por uns instantes não conseguia pensar o que aquilo me lembrava. Certamente uma coisa muito antiga...

Estava muito cansado para lembrar.

IV

Quando entrei no quarto de Poirot, ele notou logo meu rosto.

— O que foi que aconteceu? Norton?

— Morto!

— Como? Quando?

Contei tudo, rapidamente.

Terminei de modo enfadonho:

— Eles estão dizendo que foi suicídio. O que mais eles podem dizer? A porta estava trancada. As janelas estavam fechadas. A chave do quarto no bolso. Eu mesmo o vi entrando e trancando a porta.

— Você o viu, Hastings?

— Vi. Ontem à noite.

— Você tem certeza de que era Norton?

— Claro que tenho. Eu reconheceria aquele roupão horroroso em qualquer lugar.

Por um instante Poirot pareceu voltar a seus velhos tempos.

— Ah, mas é um *homem* que você está identificando, não um *roupão*! *Ma foi*! Qualquer um pode usar um roupão.

— É verdade, não vi seu rosto. Mas tenho certeza de que era seu cabelo, e aquele pé mancando um pouco...

— Qualquer um pode mancar, *mon Dieu*!

Assustado, olhei para ele.

— Você está querendo sugerir, Poirot, que *não foi* Norton quem eu vi?

— Não estou sugerindo nada disso. Eu estou meramente aborrecido por causa dessas razões tão pouco científicas que você deu para assegurar ter visto Norton. Não, não, nem por um minuto sugeri que *não* era Norton. Seria muito difícil ser outra pessoa, já que todo homem aqui é alto, muito mais alto que ele, e *enfin*, você não pode disfarçar a altura, isso não. Norton só tinha 1,60m. *Tout de même* parece um truque, não parece? Ele entra no quarto, tranca a porta, põe a chave no bolso, e é encontrado morto com uma pistola na mão e a chave ainda no bolso.

— Então você não acredita que ele se matou?

— Não acredito não. Norton não se suicidou. Foi deliberadamente assassinado.

V

Desci as escadas totalmente confuso. A coisa era tão inexplicável que posso ser desculpado por não conseguir ver o inevitável passo seguinte. Eu estava em choque. Minha cabeça não estava funcionando direito.

E no entanto era tão lógico. Norton tinha sido assassinado, por quê? Para evitar que dissesse, ou pelo menos assim eu achava, o que tinha visto.

Mas ele havia confiado aquela informação a mais alguém.

Portanto essa pessoa também estava em perigo...

Não só em perigo, mas sem defesas.

Eu *devia* ter imaginado...

Eu *devia* ter previsto...

— *Cher ami*! — foi o que Poirot disse para mim quando saí do quarto. Foram as últimas palavras que o ouvi dizer. Porque quando Curtiss foi atender o chamado de seu patrão encontrou-o morto...

Capítulo 18

I

Não quero escrever nada sobre o fato.

Quero pensar o mínimo possível nele. Hercule Poirot estava morto, e com ele morreu uma boa parte de Arthur Hastings.

Vou então relatar os fatos sem qualquer rodeio. É a única coisa que suporto escrever.

Ele morreu, disseram, de causas naturais. Isto é, morreu de um ataque do coração. Era a maneira, segundo Franklin me disse, que ele achava que ia morrer. Sem dúvida, o choque da morte de Norton causou o ataque. Por algum esquecimento, parece, as ampolas de *amylnitrato* não estavam perto de sua cama.

Será que tinha sido mesmo um esquecimento? Ou será que alguém deliberadamente as tirou dali? Não, devia ter alguma coisa ali. X não poderia contar com o fato de Poirot ter um ataque do coração.

Porque não sei se me entendem, mas eu me recuso a acreditar que a morte de Poirot tenha sido natural. Ele foi assassinado, como Norton fora assassinado, como Barbara Franklin fora assassinada. E não sei *por quê*... não sei quem assassinou todos eles!

Houve um inquérito no caso de Norton e o veredicto foi suicídio. A única dúvida foi levantada pelo legista que disse achar estranho um homem dar um tiro na cabeça exatamente no meio da testa. Mas essa foi a única dúvida. A coisa toda era muito simples.

A porta trancada por dentro, a chave no bolso do morto, as janelas bem fechadas, a pistola na mão. Norton tinha reclamado de umas dores de cabeça, e algumas de suas aplicações não andavam muito bem. Normalmente essas nunca seriam razões para suicídio, mas tinham de apresentar alguma coisa.

A pistola aparentemente era dele mesmo. Tinha sido vista em sua mesinha-de-cabeceira umas duas vezes pela camareira. *Finito*. Outro crime perfeitamente encenado e como sempre sem nenhuma outra hipótese para se considerar.

No duelo entre X e Poirot, X tinha ganho.

Agora tudo dependia de mim.

Fui até o quarto de Poirot e apanhei aquela mala.

Eu sabia que ele tinha me feito seu testamenteiro, portanto, tinha pleno direito de apanhá-la. A chave estava pendurada em seu pescoço.

Abri a maleta no meu quarto.

Imediatamente tive um choque. *Os dossiês dos casos de X tinham sumido*. E eu os tinha visto uns dois dias atrás quando Poirot abriu a maleta. Isso provava, se é que havia necessidade de provas, que X tinha atacado. Ou Poirot tinha destruído os resumos ele mesmo (o que era muito improvável) ou então X tinha sumido com eles.

X. X. Aquele maldito X.

Mas a mala não estava vazia. Eu me lembrei da promessa de Poirot, dizendo que me deixaria indicações que X não conhecia.

Quais eram essas indicações?

Havia uma cópia de uma das peças de Shakespeare, *Otelo*, numa edição barata. O outro livro era *John Ferguson*, de St. John Ervine. Tinha um marcador no terceiro ato.

Olhei para os dois livros sem entender nada.

Ali estavam as pistas que Poirot deixara para mim e eu não entendia nada.

O que podiam significar?

A única coisa que eu podia imaginar era um código qualquer. Um código baseado nas palavras das duas peças.

Mas se fosse assim como eu ia decifrar o código?

Não havia palavras, letras, nada sublinhado em parte alguma. Tentei esquentá-los levemente mas não obtive qualquer resultado.

Li o terceiro ato de *John Ferguson* cuidadosamente. Uma cena maravilhosa e admirável, Clutie John sentado e falando, que termina com o jovem Ferguson saindo para matar o homem que fez mal à sua irmã. Uma perfeita caracterização de personagens, mas não podia imaginar que Poirot os tivesse deixado para que melhorasse meu conhecimento de literatura!

E então, enquanto virava as páginas do livro, uma folha de papel caiu no chão. Tinha uma frase escrita de próprio punho por Poirot.

"Vá ver o meu criado George."

Bom, agora sim! Possivelmente a chave do código, se é que havia um código, devia estar com George. Eu tinha de saber seu endereço e ir vê-lo o mais depressa possível.

Mas primeiro tive de ir ao enterro de meu querido amigo...

Styles foi o lugar em que ele morou pela primeira vez ao chegar a este país. Estava fadado a permanecer ali para sempre.

Judith foi muito carinhosa comigo durante esses dias.

Passou muito tempo comigo e me ajudou a resolver todos os problemas. Ela estava gentil e solidária. Elizabeth Cole e Boyd Carrington foram muito simpáticos também.

Elizabeth Cole parecia menos afetada pela morte de Norton do que eu esperava. Se ela estava sentindo algum pesar pela morte dele, certamente que o estava guardando muito bem.

E assim tudo acabou...

II

Sim, tenho de escrever isso.

Isso tem de ser dito.

O enterro tinha acabado. Eu estava sentado com Judith, tentando traçar uns planos para o futuro.

Então ela disse:

— Mas sabe, papai, não vou estar aqui.

— Não?

— Não vou ficar aqui na Inglaterra.

Estava atônito.

— Eu não quis dizer antes, papai. Não queria que as coisas ficassem piores para você. Mas você tem de saber agora. Espero que não se importe muito. Vou para a África com o dr. Franklin.

Explodi com aquilo. Não era possível. Ela não podia fazer uma coisa dessas. Todo mundo iria falar. Ser assistente dele na Inglaterra e especialmente quando sua mulher estava viva era uma coisa, mas ir para o exterior, para a África com ele, era outra muito diferente. Isso era impossível e eu não permitiria jamais uma coisa dessas. Judith não *iria* fazer uma coisa dessas!

Ela não me interrompeu. Deixou que eu terminasse. Sorriu para mim.

— Mas, meu querido, não estou indo como assistente e sim como sua esposa.

Aquilo me causou um grande choque.

Eu balbuciei, gaguejando:

— Al... Allerton?

Ela parecia estar se divertindo com minha pergunta:

— Nunca houve nada entre nós. Eu teria lhe contado tudo se você não tivesse me deixado tão zangada. Além do mais, eu preferi deixar que você pensasse, bem, o que você pensou mesmo. Não queria que soubesse que era John.

— Mas eu vi vocês se beijando uma noite, no terraço.

— Ah, aquela noite. Eu estava péssima aquela noite. Essas coisas acontecem. Você sabe.

— Você não pode casar-se com Franklin ainda, tão cedo.

— Posso sim. Quero viajar com ele e você mesmo disse que é mais fácil. Nós não temos mais nada que esperar, agora.

Judith e Franklin. Franklin e Judith.

Podem entender que pensamentos passaram pela minha mente, pensamentos que estavam escondidos lá no fundo há tanto tempo.

Judith com a garrafinha na mão, Judith com sua linda voz passional declarando que vidas inúteis deveriam dar lugar a vidas úteis, a Judith que eu tanto amava e que Poirot também amava. As duas pessoas que Norton vira, teriam sido Judith e *Franklin*? Mas se fossem... se fossem... não, não podia ser verdade. Não Judith. Talvez Franklin, um homem esquisito, inescrupuloso, um homem que se resolvesse cometer um assassinato, cometeria outros, outros e mais outros.

Poirot quisera se consultar com Franklin.

Por quê? O que é que ele lhe teria contado aquela manhã?

Mas Judith não. Não minha adorável, altiva e jovem Judith.

E no entanto como Poirot estava estranho. Como aquelas palavras tinham soado forte: "Você preferirá dizer: *Que caia o pano...*"

E de repente me veio uma idéia na cabeça. Monstruosa! Impossível! Será que a história toda de X tinha sido uma invenção? Será que Poirot tinha vindo a Styles porque temia uma tragédia com os Franklin? Será que viera para tomar conta de Judith? Foi *por isso* que ele nunca me contou nada? Porque aquela história toda de X era uma invenção, uma cortina de fumaça?

Será que o pivô de tudo era minha filha Judith?

Otelo! Tinha sido *Otelo* o livro que apanhei no quarto da sra. Franklin na noite em que ela morreu. Era essa a pista?

Judith que aquela noite parecia, como alguém chegou a dizer, sua homônima antes de cortar a cabeça de Holofernes. Judith, com intenções de morte no coração?

Capítulo 19

Estou escrevendo em Eastbourne.

Vim a Eastbourne para ver George, o ex-criado de Poirot.

George trabalhou para Poirot durante muitos anos. Era um homem competente, objetivo e absolutamente sem imaginação. Afirmava as coisas sempre em seu sentido literal e as percebia sempre superficialmente.

Bem, fui vê-lo. Contei-lhe sobre a morte de Poirot e George reagiu como George reagiria. Ficou angustiado, triste e quase conseguiu esconder suas emoções.

Então falei com ele:

— Ele deixou com você uma carta para mim, não é mesmo?

George retrucou de imediato:

— Para o senhor? Não que eu saiba.

Fiquei surpreso. Insisti com ele mas ele pareceu bastante conclusivo.

— Devo estar enganado, então. Bem, então é isto. Gostaria que você estivesse com ele no fim.

— Eu também, senhor.

— Se bem que seu pai estando doente você teria de cuidar dele.

George me olhou com uma certa curiosidade, e disse:

— Peço que me desculpe, senhor, mas receio que não tenha entendido muito bem.

— Você teve de deixá-lo para cuidar de seu pai, não foi?

— Eu não quis ir embora, senhor. M. Poirot me *mandou* embora.

— Mandou você embora? — exclamei assustado.

— Não estou querendo com isso dizer que fui dispensado de meus serviços, senhor. O combinado foi que voltaria a trabalhar para ele mais tarde. Mas eu o deixei porque ele mandou, e ele cuidou para que eu fosse remunerado enquanto estivesse aqui com meu velho pai.

— Mas por quê, George, por quê?

— Não saberia dizer, senhor.

— Você não perguntou?

— Não, senhor. Achei que não seria apropriado para um criado fazer tal coisa. M. Poirot sempre teve suas manias, senhor. Um cavalheiro muito inteligente, sempre soube, senhor, muito admirado.

— É, eu sei — murmurei distraído.

— Muito exigente com as roupas, embora fosse chegado a umas roupas um tanto estranhas e singulares. O senhor sabe a que me refiro. Mas isso, obviamente é compreensível, já que era um estrangeiro. Seu cabelo também, e seu bigode.

— Ah, aqueles famosos bigodes — senti uma pontada de dor ao relembrar o orgulho que tinha deles.

— Muito exigente quanto a seu bigode — continuou George. — Não se usavam bigodes daquele modo que ele usava, mas *lhe* caía bem, se entende o que quero dizer.

Disse que entendia. Educadamente perguntei:

— Suponho que ele o tingisse, como ao cabelo.

— Ele realmente retocava os bigodes, mas não seus cabelos, pelo menos não nos últimos tempos.

— Que nada. Estava preto como um urubu, parecia até uma peruca de tão artificial.

George tossiu polidamente:

— Perdão, senhor, mas era uma peruca. O cabelo de M. Poirot estava caindo bastante recentemente, então ele resolveu usar uma peruca.

Pensei como era estranho que um criado soubesse mais a respeito de um homem do que seu amigo mais chegado.

Voltei ao ponto que me deixou mais intrigado.

— Mas você realmente não tem nenhuma idéia do porquê M. Poirot teria lhe mandado embora? Pense, George, *pense*.

George se esforçou, mas não era muito dado a pensar.

— Só posso supor, senhor — disse ele finalmente —, que ele me mandou embora para que pudesse contratar Curtiss.

— Curtiss? Por que quereria contratar Curtiss?

George tossiu outra vez.

— Bem, senhor, realmente não saberia dizer. Ele não me pareceu, quando o vi, um... me desculpe... espécime particularmente inteligente. Era forte fisicamente, é claro, mas não chegaria a afirmar que fosse o tipo de pessoa de que M. Poirot gostasse. Creio que tinha sido servente num sanatório por algum tempo.

Fiquei olhando surpreso para George.

Curtiss!

Essa era a razão de Poirot ter insistido em me contar tão pouco? Curtiss, o único que não havia considerado. E Poirot queria que fosse assim, queria que eu investigasse minuciosamente os convidados em Styles para encontrar o misterioso X. Mas X *não* era um convidado!

Curtiss!

Ex-servente de um sanatório. Eu não li em algum lugar que pessoas que já foram pacientes em sanatórios e asilos às vezes permanecem ou voltam como serventes?

Um homem estranho, idiota, com uma cara de bobo, um homem que poderia matar por alguma estranha perversidade...

E se fosse assim... mas, como é que não havia visto isso antes. Curtiss...?

Pós-escrito

(Nota escrita pelo capitão Arthur Hastings:

O seguinte manuscrito foi por mim recebido quatro meses após a morte de meu amigo Hercule Poirot. Recebi um comunicado de uma firma de advocacia solicitando meu comparecimento em seu escritório. Lá, "de acordo com as instruções de seu cliente, o falecido M. Poirot" me entregaram um envelope selado. Reproduzo aqui seu conteúdo.)

Manuscrito de Hercule Poirot:

Mon cher ami,

Estarei morto há quatro meses quando você ler estas palavras. Pensei muito se deveria escrever o que está aqui escrito e decidi que é preciso que alguém saiba de toda a verdade a respeito do segundo caso Styles. Também me arrisco a conjeturar que até que tenha lido isto você já terá desenvolvido as teorias mais absurdas, e possivelmente tenha se aborrecido com isso.

Mas deixe-me dizer-lhe isto: você, *mon ami*, poderia facilmente ter chegado à verdade. Fiz com que você tivesse todos os indícios. Se você não chegou foi, como sempre, por causa de sua natureza pura e crédula. *À la fin comme au commencement.*

Mas você *deve saber*, pelo menos, quem matou Norton — mesmo que você não saiba quem matou Barbara Franklin. Este último fato talvez seja um choque para você.

Para começar, como sabe, mandei chamá-lo. Disse que precisava de você. Isso era verdade. Disse-lhe que fosse meus olhos e ouvidos. Isso também era verdade, bem verdade, se bem que não da maneira como você entendeu! Você teria de ver o que eu quisesse que visse e escutar o que eu quisesse que escutasse.

Você reclamou, *cher ami*, que estava sendo "injusto" em minha apresentação deste caso. Escondi de você certas informações que eu tinha. Isto é, eu me recusei a lhe contar a identidade de X. Isto também foi bem verdade. Tive de fazê-lo embora não pelas razões que eu lhe dei. Você saberá a razão muito breve.

E agora examinemos essa questão do X. Eu lhe mostrei um resumo dos vários casos. Eu lhe chamei a atenção para o fato de que em cada caso isolado parecia claro que a pessoa acusada, ou sob suspeita, realmente cometera o crime em questão, que não havia nenhuma solução *alternativa*. E passei então para o segundo fato importante, o de que em cada caso, X ou estava no local ou estreitamente envolvido. Você então precipitou-se a concluir o que era, paradoxalmente, tão verdadeiro quanto falso. Você disse que X cometera todos os crimes.

Mas, meu amigo, as circunstâncias eram tais que em cada um dos casos (ou quase) *somente* a pessoa acusada poderia ter cometido o crime. Por outro lado, se fosse realmente assim, como é que X entraria na história? A não ser quando se lida com uma pessoa ligada à polícia ou a alguma firma de advocacia criminal, não é razoável pensar que uma única pessoa esteja envolvida em cinco casos de assassinato. Isso, você compreende, simplesmente não acontece! Nunca, nunca se ouve alguém dizer: "Bem, de fato, eu já conheci cinco assassinos!" Não, não, *mon ami*, não é possível. Então temos o curioso resultado de aqui estarmos lidando com um caso de catálise, uma reação entre duas substâncias que ocorre somente na presença de uma terceira substância, uma terceira substância que aparentemente não participa da reação e que permanece inalterada. Este é o ponto estratégico. Isto quer dizer que onde X estava presente ocorriam crimes, mas X não tomou parte ativa nesses crimes.

Uma situação extraordinária e anormal! E eu vi que havia encontrado, finalmente, no fim de minha carreira, o criminoso perfeito, o criminoso que inventara uma técnica tal *que nunca poderia ser incriminado.*

Foi surpreendente. Mas não original. Havia paralelos. E aqui entra a primeira das pistas que deixei para você. A peça *Otelo*, de Shakespeare. Pois lá, magnificamente delineado, estava o original de X. Iago é o assassino perfeito. As mortes de Desdêmona, de Cassio, e na realidade do próprio Otelo, foram todos crimes de Iago, arquitetadas por ele, executadas por ele. E *ele* permanece fora do círculo: sem sombra de suspeita, ou assim se poderia supor. Pois seu grande Shakespeare, meu amigo, teve de lidar com o dilema que sua própria arte criou. Para desmascarar Iago teve de lançar mão de um artifício tão tosco — o lenço —, o tipo de coisa que não se adapta à técnica genial de Iago, e uma falha que se sente que ele não teria cometido.

Sim, ali está a perfeição na arte do assassinato. Nem uma palavra de sugestão *direta*. Ele está sempre dissuadindo os outros de usar a violência, negando com horror as suspeitas que não teriam surgido se ele não as mencionasse!

E a mesma técnica é vista no brilhante terceiro ato de *John Ferguson*, onde o "demente" Clutie John induz os outros a matarem o homem que ele próprio odeia. É um exemplo maravilhoso de sugestão psicológica.

Ora, você tem de compreender isso, Hastings. Todo mundo é um assassino potencial. Em todo mundo surge, de vez em quando, o desejo de matar ainda que não a determinação de matar. Quantas vezes você já não sentiu ou ouviu as pessoas dizerem: "Ele me deixou tão furioso que poderia matá-lo!"; "Eu poderia ter matado D por ter dito tal e tal coisa!"; "Eu estava com tanta raiva que poderia tê-lo estrangulado!" E todas essas afirmações são literalmente verdadeiras. Nossa intenção nesses momentos é bastante clara. Você gostaria de matar fulano. *Mas você não o faz.* Sua determinação tem de estar de acordo com seu desejo. Em crianças pequenas, o freio ainda não funciona bem. Conheci uma criança que irritada com seu gatinho disse: "Fica quieto ou eu te bato na cabeça e te mato", e matou mesmo, para depois ficar atônita e horrorizada quando tomou consciência de que o gatinho não voltaria a viver, porque, você vê, na realidade a criança adora o gatinho. Pois então, somos todos assassinos potenciais. E é esta a arte de X, não sugerir o *desejo*, mas minar a resistência a ele. É uma arte aperfeiçoada por longa experiência. X conhecia a frase exata, a palavra certa, até mesmo a entonação perfeita para sugerir e acumular a pressão num ponto fraco! E isso poderia ser feito. E era feito sem que a vítima nem ao menos suspeitasse. Não era por hipnose — hipnose não daria certo. Foi algo mais insidioso, mais fatal. Foi uma concentração de forças de um indivíduo para aumentar a brecha ao invés de diminuí-la. Exigia o melhor de uma pessoa, aliado ao que tinha de pior.

Você deve saber, Hastings, pois aconteceu com você...

Agora talvez você já esteja conseguindo ver o que alguns de meus comentários, que o irritavam e o confundiam, realmente queriam dizer. Quando eu falei que um crime seria cometido, eu não estava sempre me referindo ao mesmo crime. Eu lhe disse que estava em Styles para fazer uma coisa. Estava lá porque um assassinato ia ser cometido. Você ficou surpreso com minha certeza quanto àquilo. Mas eu podia estar certo, porque o crime quem iria cometer era *eu mesmo*...

É, meu amigo, é estranho, e engraçado, e terrível! Eu, que sou contra assassinatos... Eu, que dou imenso valor à vida humana, terminei minha carreira cometendo um assassinato. Talvez porque eu tenha sido tão correto, tão consciente do caminho certo, que esse terrível dilema se apresentou a mim. Porque veja bem, Hastings, existem dois lados aí. O meu trabalho em toda minha vida foi para salvar inocentes, *evitar* assassinatos, e essa... essa era a única maneira de fazer isso! Não se engane quanto a uma coisa: X não poderia nunca ser pego pela lei. Não tinha o que temer. Por nenhum outro meio ele poderia ser vencido.

E, no entanto, meu amigo, relutei. Eu sabia o que tinha de fazer mas não conseguia fazê-lo. Estava como Hamlet, eternamente adiando o dia maldito... E então houve aquela tentativa contra a sra. Luttrell.

Eu estava curioso, Hastings, se o seu conhecido faro para o óbvio funcionaria. Funcionou. Sua primeira reação foi uma suspeita sobre Norton. E você estava certo. Norton era o homem. Você não tinha nada em que se basear, a não ser a sugestão perfeitamente lógica de que ele era insignificante. Aí, você chegou bem perto da verdade.

Examinei a história da vida dele com a maior atenção. Ele era o filho único de uma mulher dominadora. Nunca conseguiu se afirmar e nem tinha qualquer dom que pudesse impressionar alguém. Sempre foi um pouco manco e não podia tomar parte nos jogos na escola.

Uma das coisas mais significativas que você me contou foi uma observação sobre ele ter sido ridicularizado no colégio por quase desmaiar quando viu um coelho morto. Aí estava um incidente que lhe deve ter causado uma profunda impressão. Ele detestava sangue ou violência e em conseqüência disso seu amor-próprio ficava ferido. Diria que ele esperou, inconscientemente, para se redimir sendo corajoso e inescrupuloso.

Imagino que ele deve ter descoberto essa sua facilidade de influenciar pessoas bem jovem. Sabia escutar, era bastante simpático, as pessoas gostavam dele mas sem notar muito sua presença. Ele se ressentia disso, e então ele aproveitou. Descobriu como era facílimo, usando as palavras certas e fornecendo o estímulo certo, influenciar seus semelhantes. A única coisa que precisava fazer era conhecê-los bem, penetrar em seus pensamentos, em seus segredos e em seus desejos.

Você consegue entender, Hastings, como tal descoberta pode alimentar um sentimento de poder? Aqui estava ele, Stephen Norton, a quem todos amavam e menosprezavam, conseguindo que as pessoas fizessem coisas que não queriam fazer, ou (guarde bem isso) pensavam não querer.

Posso visualizá-lo perfeitamente, exercitando esse seu *hobby*... E pouco a pouco desenvolvendo, indiretamente, um gosto mórbido pela violência. A violência para a qual lhe faltava a força física e pela falta da qual fora ridicularizado.

E assim seu passatempo foi crescendo e crescendo até se tornar uma paixão, uma necessidade! Era como se fosse uma droga, Hastings, uma droga que viciava tanto quanto o ópio ou a heroína.

Norton, o homem delicado, amoroso, era secretamente um sádico. Um viciado da dor, da tortura psicológica. Há uma epidemia disso no mundo moderno — *L'appétit vient en mangeant*.

E alimentava duas ambições, a ambição do sádico e a ambição do poder. Ele, Norton, tinha as chaves da vida e da morte.

Como qualquer outro dependente, ele tinha de ter sua dose da droga. Ele achou vítima após vítima. Não tenho dúvida de que houve mais do que aquelas cinco vítimas que eu descobri. Em cada um dos casos ele desempenhava o mesmo papel. Ele conhecia Etherington, passou um verão na cidadezinha onde Riggs morava e bebeu com Riggs no bar local. Numa viagem conheceu Freda Clay e estimulou-a, jogando com sua idéia ainda não acabada de que se a sua tia morresse seria uma coisa realmente muito boa... uma libertação da titia e uma vida sem preocupações financeiras e cheia de prazeres. Ele era amigo dos Litchfield, e quando falava com ele, Margaret Litchfield se via como uma heroína salvando suas irmãs de uma prisão perpétua. Mas acredito, Hastings, que *nenhuma dessas pessoas teriam feito o que fizeram, não fosse a influência de Norton*.

E agora chegamos aos acontecimentos em Styles. Eu já estava na pista de Norton há muito tempo. Ele fez amizade com os Franklin e eu imediatamente farejei o perigo. Você deve compreender que até Norton tem de ter uma base por onde começar. Só se pode desenvolver algo quando a semente já está plantada. Em *Otelo*, por exemplo, sempre acreditei que na cabeça de Otelo existia a convicção (possivelmente correta) de que o amor de Desdêmona por ele era uma paixão de uma adolescente por um guerreiro famoso, e não o amor equilibrado de uma *mulher* por Otelo o *homem*. Ele deve ter percebido que Cassio era o verdadeiro par de Desdêmona e que mais cedo ou mais tarde ela também perceberia isso.

Os Franklin apresentavam ótimas perspectivas para Norton. Todo tipo de perspectivas! Você sem dúvida já deve ter percebido, Hastings (o que qualquer pessoa sensata poderia perceber o tempo todo), que Franklin estava apaixonado por Judith e ela por ele. Sua maneira brusca de tratá-la, o hábito de nunca olhar para ela, de evitar qualquer tentativa de ser delicado, eram sinais evidentes de que o sujeito estava loucamente apaixonado por ela. Mas Franklin era um homem de muito caráter e também de grande retidão. Sua fala carece totalmente de sentimentos, mas ele é um homem de padrões muito rígidos. Pelo seu código o homem deve permanecer com a mulher que escolheu.

Judith, como eu pensava que até mesmo você perceberia, estava profunda e fatalmente apaixonada por ele. Ela pensou que você tinha percebido isso no dia em que a encontrou no jardim das rosas. Daí seu ataque de fúria. Pessoas como ela não suportam qualquer manifestação de pena ou solidariedade. Era como se você estivesse mexendo numa ferida aberta.

Então descobriu que você pensava que era de Allerton que ela gostava. Ela não o corrigiu, se resguardando de qualquer interferência de sua parte afetiva na vida dela. Ela flertou com Allerton como uma espécie de consolo desesperado. Ela sabia exatamente que tipo de homem ele era. Ele a divertia e distraía, mas ela nunca sentiu nada por ele.

Norton, naturalmente, sabia exatamente para onde o vento soprava. Ele via inúmeras possibilidades no trio Franklin. Posso dizer que ele começou com Franklin, mas não conseguiu absolutamente nada. Franklin é o tipo do homem imune às sugestões insidiosas de homens como Norton. Franklin tem uma mente definida, preto no branco, sabendo exatamente o que está sentindo, e uma completa desconsideração por pressões externas. E além do mais, a paixão de sua vida é o seu trabalho. Sua absorção pelo trabalho o faz muito menos vulnerável.

Com Judith, Norton teve muito mais sucesso. Ele jogou muito astutamente com o tema das vidas inúteis. Era um artigo de fé para Judith, e ela ignorava solenemente o fato de seus desejos secretos estarem de acordo com isso, enquanto Norton sabia ter nisso um aliado. Ele foi muito esperto em lidar com isso, se colocando no ponto de vista contrário, sutilmente ridicularizando a idéia de que ela nunca teria a coragem de dar um passo tão decisivo. "É o tipo da coisa que todos os jovens dizem — mas nunca fazem!" Uma frase tão velha, tão gasta, e quantas vezes faz efeito! Tão vulneráveis são essas crianças, Hastings! Tão prontas a aceitar um desafio bobo, embora não o considerem assim.

E com a inútil Barbara fora do caminho, então o campo estaria livre para Franklin e Judith. Isso nunca foi dito. Isso nunca foi permitido ser dito claramente. Foi enfatizado que questões *pessoais* não tinham nada a ver com o caso, nada mesmo. Porque, se Judith tivesse reconhecido que tinha, teria reagido violentamente. Mas com um viciado em assassínios tão experiente como Norton, uma morte é pouco. Ele vê oportunidades para se divertir em todo lugar. Ele encontrou uma com os Luttrell.

Volte ao passado, Hastings. Lembre-se da primeira noite em que você jogou bridge. As observações de Norton depois do jogo, ditas tão alto que o coronel Luttrell poderia ouvir. É claro! Norton queria que ele ouvisse! Ele nunca perdia uma oportunidade de sublinhar, de enfatizar bem o fato. E finalmente seus esforços culminaram em sucesso. Aconteceu bem debaixo de seu nariz, Hastings, e você nem reparou como foi feito. As fundações já estavam solidificadas, a impressão crescente de estar carregando um peso, de vergonha da imagem que ele mostrava aos outros homens, de ressentimento profundo por sua mulher.

Lembre-se exatamente do que aconteceu. Norton diz que está com sede. (Será que sabia que a sra. Luttrell estava dentro de casa e participaria da cena?) O coronel reage imediatamente como um anfitrião mão-aberta que é por natureza. Oferece drinques. Vai apanhá-los. Vocês todos estão sentados do outro lado da janela. Sua esposa chega, há a cena inevitável, que ele sabe estarem todos escutando. Ele sai. Poderia ter sido tudo encoberto por uma boa desculpa, Boyd Carrington poderia ter feito isso muito bem. (Ele tem um certo conhecimento mundano e muito tato, embora seja um dos indivíduos mais pomposos e chatos que já conheci! Bem o tipo de homem que você admiraria!) Você também poderia ter feito a coisa muito bem. Mas Norton começa logo a falar muito, de uma forma marcante embora aparentemente cheia de tato e faz as coisas ficarem muito piores. Ele fica discorrendo sobre bridge (mais humilhações relembradas), sobre acidentes de caça. E bem na deixa, tal como Norton intencionava, aquela besta de cabelo encaracolado do Boyd Carrington solta a história de um soldado irlandês que atirou no irmão, uma história, Hastings, que *Norton contou a Boyd Carrington*, sabendo direitinho que aquele idiota iria contá-la como sendo sua no momento oportuno. A sugestão principal não vem nunca de Norton. *Mon Dieu, non!*

Está tudo pronto então. O efeito cumulativo. A gota que faltava. Afrontado como um bom anfitrião, envergonhado perante os outros homens, furioso porque eles estão convencidos de que ele não tem coragem de fazer nada a não ser se submeter humildemente, e ser mandado — então as palavras mágicas são ditas. O rifle, acidentes, o homem que atirou no irmão, e subitamente, aparece a cabeça da esposa — "não há muito problema — um acidente... *Eu* vou mostrar a eles... Eu vou mostrar a *ela*... aquela idiota! Eu gostaria que estivesse morta... Ela *vai estar morta*!"

Ele não a matou, Hastings. A mim me pareceu que quando ele atirou, instintivamente ele errou *porque queria errar*. E mais tarde, depois, o encanto maléfico se desfez. Ela era sua esposa, a mulher que ele amava, apesar de tudo.

Um dos crimes de Norton não pôde então ser levado a efeito.

Ah, mas sua tentativa seguinte! Você percebe, Hastings, que foi *você* o próximo? Volte novamente ao passado. Lembre-se de tudo. *Você*, meu honesto, dedicado, Hastings! Ele encontrou todos os seus pontos fracos, sim, e todos os pontos decentes e conscienciosos também.

Allerton é o tipo do homem que você detesta e teme instintivamente. Ele é o tipo de homem que você acha que *tem* de ser destruído. E tudo que você escutou ou pensou sobre ele era a pura verdade. Norton lhe conta uma certa história, uma história perfeita só até onde vão os *fatos*. (A moça da história era uma pessoa muito neurótica e muito fraca.)

Essa história lhe toca profundamente, no que você tem de mais convencional e retrógrado. Esse homem é o vilão, o sedutor, o homem que arruína mulheres e as leva ao suicídio! Norton induz Boyd Carrington a falar com você sobre o assunto.Você então *tem* de "falar com a Judith". Judith, o que era perfeitamente previsível, responde que vai fazer o que quiser de sua vida e ninguém tem nada com isso. Isso o faz acreditar no pior.

Agora olhe bem sobre que pontos Norton atua. Seu amor pela filha. O profundo senso de responsabilidade à antiga que um homem como você sente em relação aos filhos. A ligeira importância que você se dá: '*Eu* tenho de fazer alguma coisa. Tudo depende de *mim.*' Seu sentimento de impotência devido à ausência dos sábios conselhos de sua mulher. Sua lealdade — eu não posso desapontá-la. E, de outro lado, sua vaidade — devido à sua amizade comigo você conhece todos os truques do *métier*! E finalmente, aquele sentimento interior que todos os homens nutrem por suas filhas, o ciúme irracional e a antipatia pelo homem que a leva embora. Norton fez tudo como um virtuose, Hastings. E você aceitou a música dele.

Você aceita muito facilmente as coisas sem aprofundá-las nem um pouco. Você sempre foi assim. Aceitou muito facilmente que era com Judith que Allerton estava falando na casinha do bosque. E no entanto você não a tinha visto lá; você nem a ouviu falar. E inacreditavelmente, até na manhã seguinte, você ainda achava que era Judith que estava lá. Você adorou ela 'ter mudado de idéia'.

Mas se você se desse ao trabalho de examinar os *fatos* você teria descoberto logo que não havia qualquer hipótese de Judith ir a Londres aquele dia! E você não conseguiu perceber o óbvio. Havia alguém que ia sair naquele dia, e estava furiosa porque não pôde. A enfermeira Craven. Allerton não é homem que se satisfaça tentando só uma mulher! Seu caso com a enfermeira tinha ido muito mais longe que o mero flerte que estava tendo com Judith.

Não era simplesmente mais uma encenação influenciada por Norton.

Você viu Allerton e Judith se beijando. Então Norton coloca você contra a parede. Sem dúvida ele sabe que Allerton vai se encontrar com a enfermeira na casinha do bosque. Depois de uma discussãozinha ele deixa você ir, mas vai com você. A frase que você escuta Allerton dizer é perfeita para o intuito dele e ele rapidamente o afasta antes que você tenha tempo de descobrir que a mulher não é Judith!

Um virtuose, sem dúvida! E sua reação é imediata, completa a todos esses temas! Você aceita tudo. E resolve matar.

Mas felizmente, Hastings, você tinha um amigo com o cérebro funcionando! E não só o cérebro!

Eu lhe disse no começo dessa carta que se você ainda não tinha encontrado a resposta dc tudo é porque confia demais nas pessoas. Você acredita no que lhe contam. Você acreditou no que *eu* lhe contei...

E no entanto era muito fácil para você descobrir a verdade. Eu mandei George embora, por quê? Eu o tinha substituído por um homem com menos experiência e muito menos inteligente que ele, por quê? Eu não estava sendo atendido por nenhum médico, eu que sempre fui tão cuidadoso com a saúde, não podia nem ouvir falar no assunto, por quê?

Você vê agora por que você me era tão necessário em Styles? Eu tinha de ter alguém que aceitasse o que eu dissesse sem fazer perguntas. Você aceitou minha afirmação de que eu voltara muito pior da viagem ao Egito. Mas não voltei pior. Voltei muito melhor!

E você poderia ter descoberto isso se tivesse se dado o trabalho. Mas não, você acreditou. Mandei George embora porque não pude convencê-lo de que eu não podia mais andar. George é muito inteligente nas coisas que ele pode ver. Ele saberia logo que eu estava fingindo.

Você está entendendo, Hastings? O tempo todo eu estava fingindo estar paralítico, e enganando Curtiss. Podia andar perfeitamente, mancando um pouco, naturalmente.

Ouvi você subindo aquela noite. Ouvi você hesitar e depois entrar no quarto de Allerton. E fiquei logo de sobreaviso. Eu já estava sabendo muito bem de seu estado de espírito.

Não perdi tempo. Estava sozinho. Curtiss tinha descido para jantar. Saí de meu quarto e fui até o corredor. Ouvi você no banheiro de Allerton. E prontamente, meu amigo, do jeito que você tanto abomina, fiquei de joelhos olhando pelo buraco da fechadura do banheiro. Eu pude ver tudo perfeitamente, já que não havia tranca e a chave não estava na fechadura.

Vi suas manipulações com os comprimidos. E percebi qual era sua idéia.

E também eu, meu amigo, agi. Voltei para meu quarto, e fiz o que tinha de fazer. Quando Curtiss subiu, mandei chamá-lo. Você veio, bocejando e explicando que estava com dor de cabeça. Imediatamente fiz aquela confusão toda, ofereci remédios, falei alto, ofereci o chocolate, o que você, para ter um pouco de paz, aceitou. Você bebeu tudo de uma vez para que pudesse voltar logo para seu quarto. *Mas eu também, meu amigo, tenho pílulas para dormir*.

E então, você dormiu, dormiu até de manhã e acordou o mesmo Hastings de sempre, e horrorizado com o que você quase tinha feito.

Estava tudo bem agora, ninguém tenta uma coisa dessa duas vezes, não quando se volta à razão.

Mas aquilo *me* decidiu, Hastings! Porque o que eu poderia pensar de outras pessoas não se aplicava de jeito nenhum a você.

Você não é um assassino, Hastings! Mas você poderia ter sido enforcado como um, por um assassinato cometido por outro homem que pelos olhos da lei não teria culpa alguma.

Você, meu bom, meu honesto, meu tão honrado Hastings, tão gentil, tão direito, tão inocente!

Eu tinha de agir logo. Eu sabia que meu tempo era curto, e com isso eu estava satisfeito, porque a pior parte de um assassinato é o efeito no assassino. Eu, Hercule Poirot, poderia acabar me acreditando uma pessoa com o poder divino de lidar com a morte e outras coisas afins... Mas felizmente não haveria tempo para isso. Meu fim estava próximo. E eu estava com medo de que Norton conseguisse seu intento com alguém muito caro a nós dois. Estou falando de sua filha...

E agora chegamos à morte de Barbara Franklin. Quaisquer que sejam suas idéias sobre o caso, Hastings, acho que você nunca sequer suspeitou da verdade.

Porque você, Hastings, *você* matou Barbara Franklin.

Mais oui, matou sim!

Havia, meu amigo, ainda outro ângulo naquele triângulo. Um que eu não havia considerado muito bem. Como realmente aconteceu, as táticas de Norton não foram percebidas por nenhum de nós dois. Mas não tenho dúvida de que ele as usou...

Nunca passou por sua cabeça, Hastings, o porquê da presença da sra. Franklin em Styles? Pensando bem, Styles não era em nada seu tipo de lugar. Ela gosta de conforto, boa comida e, acima de tudo, vida social. Styles não é alegre; não é bem administrada; está no meio do nada. E no entanto a sra. Franklin insistiu para passar o verão ali.

Havia um terceiro ângulo, sim, Boyd Carrington. A sra. Franklin era uma mulher frustrada. Essa era a raiz de sua neurose. Ela era ambiciosa tanto social quanto financeiramente. Ela se casou com Franklin porque esperava que ele tivesse uma carreira brilhante.

Ele era brilhante, mas não como ela queria. Seu brilhantismo nunca a levaria às páginas dos jornais, às colunas sociais. Ele só seria conhecido por meia dúzia de pessoas de sua própria profissão e publicaria artigos só em revistas especializadas. O mundo exterior jamais ouviria falar dele e ele certamente nunca teria muito dinheiro.

E lá estava Boyd Carrington — de volta da Índia — acabando de receber um título de nobreza e dinheiro, e Boyd Carrington sempre teve uma certa queda por aquela linda menina de 17 anos que ele quase pediu em casamento. Ele está indo para Styles e sugere aos Franklin que fossem também, e Barbara vai.

Aquilo para ela era de enlouquecer! Obviamente, para aquele homem rico, simpático, ela não perdera nada de seu antigo charme mas ele é tão antiquado, nunca o tipo de homem que sugerisse o divórcio. E Franklin também não precisa de divórcio. Se John Franklin morresse, aí então ela poderia ser Lady Boyd Carrington, e que vida maravilhosa não seria!

Norton viu nela mais um precioso instrumento.

Era tudo muito óbvio, Hastings, se você pensar bem no assunto. Aquelas primeiras tentativas de mostrar como ela gostava do marido. Ela exagerou um pouco, contando aquela história de "acabar com tudo" porque ela era uma cruz na vida dele.

E depois, uma característica inteiramente nova. Seus medos de que Franklin se fizesse de cobaia de seus próprios experimentos.

Tudo isso deveria ter sido óbvio para nós, Hastings! Ela estava preparando o terreno para que Franklin morresse de envenenamento por fisostigmina. Nenhuma insinuação de que alguém pudesse matá-lo, isso nunca, simples pesquisa científica. Ele toma o alcalóide que supunha não fazer mal algum e acaba que era altamente tóxico.

Acontece que as coisas se precipitaram. Você me contou que ela não gostara nada de ver Boyd Carrington com a enfermeira. Ela era uma moça muito bonita, com o olho muito vivo para cima de homens. Ela tentara com o dr. Franklin, mas não conseguiu nada (daí ela não gostar de Judith). Ela estava flertando com Allerton, mas sabia que ele não era muito sério. Era inevitável que ela fosse atrás de Sir William, rico e ainda bastante bonito, e Sir William talvez, estivesse mesmo pronto para ser fisgado. Ele já tinha visto na enfermeira Craven uma moça bonita e, principalmente, muito saudável.

Barbara Franklin então se apavora e decide agir logo. Quanto mais cedo ela se tornar uma viúva patética, encantadora e não inconsolável, melhor.

E assim, depois de uma manhã nervosa, ela monta o espetáculo.

Sabe, *mon ami*, tenho o maior respeito pela fava-de-calabar. Dessa vez ela funcionou bem. Poupou o inocente e acabou com o culpado.

A sra. Franklin convida vocês todos a irem até o quarto. Ela faz o café toda afetada e se mostrando. Como você me contou, a xícara dela está a seu lado. A do marido do outro lado da mesa.

E depois as estrelas cadentes e todo o mundo sai do quarto. Só você fica, meu amigo, você, suas palavras cruzadas e suas lembranças, e para esconder sua emoção você gira a mesa para encontrar uma citação de Shakespeare.

E depois todos voltam e a sra. Franklin bebe o café cheio dos alcalóides da fava-de-calabar que estavam destinados ao querido e científico John, e John bebe uma gostosa xícara de café que era para a esperta sra. Franklin.

Mas você já vai ver, Hastings, que embora eu tenha percebido o que aconteceu, vi que só havia uma coisa a fazer. Eu não podia *provar* o que tinha acontecido. E se a morte da sra. Franklin não fosse considerada suicídio, a suspeita fatalmente cairia sobre Judith ou Franklin. Sobre duas pessoas completamente inocentes. Então fiz o que eu tinha todo o direito de fazer, enfatizei e enchi de convicção as observações que a sra. Franklin fizera sobre "acabar com tudo", muito embora soubesse que elas tivessem outro sentido.

Eu podia fazer aquilo e era, provavelmente, a única pessoa que podia. Porque você sabe como meu testemunho tem peso. Sou um homem com muita experiência em assassinatos. Se *eu* estou convencido de que foi suicídio, bem, então, suicídio será.

Isso o confundiu um pouco e você não estava gostando nada daquilo. Felizmente você não percebeu o perigo real.

Mas o que você ficaria pensando quando eu morresse? Será que apareceria em sua mente uma serpente sombria que volta e meia levanta a cabeça e diz: "E se Judith tivesse...?"

Poderia acontecer. Assim, estou escrevendo isso. Você tem de saber a verdade.

Havia uma pessoa para quem o veredicto de suicídio não foi satisfatório. Norton. Ele fora roubado da sua morte habitual. Como eu disse, ele é um sádico. Ele quer toda a emoção, suspeita, medo, as malhas da justiça. E ele não teve nada disso. O assassinato que ele arrumara não tinha dado certo.

Mas logo ele arrumou o que se pode chamar de uma maneira de se recuperar. Começou a jogar indiretas. Antes tinha fingido ver alguma coisa pelo binóculo. Na realidade ele queria transmitir exatamente a impressão que transmitiu — de que tinha visto Allerton e Judith em alguma atitude comprometedora. Mas, sem ter dito nada definido, poderia usar o incidente de outra maneira.

Digamos, por exemplo, que ele dissesse que tinha visto *Franklin* e Judith. Isso abriria a hipótese de suicídio a novos ângulos, sem dúvida! Poderia talvez lançar algumas dúvidas sobre se tinha sido suicídio mesmo...

Assim, *mon ami*, decidi que o que teria de ser feito tinha de ser feito logo. Fiz com que você o trouxesse a meu quarto naquela noite...

Vou lhe contar exatamente o que aconteceu. Norton, sem dúvida, ficaria contentíssimo se tivesse me contado aquela sua história inventada. Não lhe dei chance de contar. Contei, clara e definitivamente, tudo o que sabia sobre ele.

Ele não negou. Não, *mon ami*, ele se recostou na cadeira e deu um sorrisinho malicioso. *Mais oui*, não posso definir aquele sorriso de outra forma, um sorrisinho muito malicioso. Ele me perguntou o que eu ia fazer com aquela minha idéia divertidíssima. Eu respondi que pretendia executá-lo.

— Ah — ele falou — estou entendendo. Com o punhal ou com a taça de veneno?

Estávamos prestes a tomar uma xícara de chocolate quente. Ele gosta muito de coisas doces, aquele M. Norton.

— O mais simples — falei — seria a taça de veneno.

E passei para ele a xícara de chocolate que eu tinha acabado de servir.

— Nesse caso, será que o senhor se importaria de beber essa xícara e me passar a sua?

— Nem um pouco. Na realidade, isso não teria a menor importância.

Como eu disse, também tomo pílulas para dormir. A diferença é que como eu vinha tomando essas pílulas havia já algum tempo, adquiri uma certa resistência, e a dose que faria M. Norton dormir teria um efeito muito pequeno em mim. A dose estava no chocolate e não nas xícaras. Nós dois tomamos a mesma coisa. Sua parte fez efeito rapidamente, enquanto a minha quase não fez efeito, especialmente porque foi contrabalançada por uma dose do meu tônico de estricnina.

E finalmente chegamos ao capítulo final. Quando Norton pegou no sono, coloquei-o na cadeira de rodas, o que foi bem fácil, ela tem muitos mecanismos, e levei a cadeira para seu lugar habitual no vão da janela atrás da cortina.

Curtiss então me "pôs na cama". Quando tudo se acalmou, levei Norton para o quarto dele. Faltava então que eu me valesse dos olhos e ouvidos de meu querido amigo Hastings.

Talvez você não tivesse ainda percebido, mas uso uma peruca. E você certamente não percebeu que uso um bigode falso. (Nem George sabe disso!) Fingi que ele tinha queimado pouco depois de Curtiss ter começado a trabalhar para mim, e logo mandei fazer um outro.

Vesti o roupão de Norton, ericei um pouco meu cabelo grisalho, fui até o corredor e bati ligeiramente em sua porta. Logo você a abriu e olhou para o corredor. Você viu Norton sair do banheiro e ir mancando até o quarto dele. Ouviu o barulho da chave virar na fechadura, e pronto.

Depois tirei o roupão de Norton, deitei-o na cama, e atirei nele com uma pequena pistola que eu tinha comprado no exterior e que estava cuidadosamente guardada, a não ser por duas ocasiões quando (sem ninguém por perto) eu a pus ostensivamente na mesa-de-cabeceira de Norton, sabendo que ele estaria bem longe do quarto.

Saí do quarto depois de botar a chave no bolso de Norton. Eu mesmo tranquei a porta por fora com uma chave que eu já tinha mandado fazer há muito tempo. E levei a cadeira de rodas de volta para o quarto.

Desde então venho escrevendo essa explicação.

Eu estou muito cansado, e tudo isso pelo que passei me custou muito esforço. Não vai demorar muito até que...

Existem uma ou duas coisas que eu gostaria de deixar bem claro.

Os crimes de Norton foram perfeitos.

O meu não. Não tive essa intenção.

A maneira mais fácil e melhor que eu tinha para matá-lo seria abertamente, digamos, um acidente com minha pistolinha. Eu me mostraria arrependido, triste, que acidente mais terrível, essas coisas... Eles teriam dito: "Velho gagá, não viu que a arma estava carregada — *ce pauvre vieux.*"

Não quis fazer isso.

E vou lhe dizer por quê.

Foi porque quis ser um "cavalheiro".

Mais oui, um cavalheiro, no sentido de aceitar as regras do jogo com dignidade e isenção. Isso mesmo, Hastings, estava fazendo as coisas que muitas vezes você reclamou comigo que eu não conseguiria fazer. Fazia um jogo limpo com você. Estava lhe dando uma chance. Estava no jogo agora. Você poderia facilmente descobrir a verdade.

No caso de você não acreditar em mim, deixe-me enumerar todas as pistas para você.

As chaves do mistério.

Você sabe, *porque eu lhe disse*, que Norton chegou em Styles *depois* de mim. Você sabe, *porque eu lhe disse*, que eu mudei de quarto depois que cheguei aqui. Você sabe, *outra vez porque eu lhe disse*, que desde que cheguei a Styles a chave do meu quarto desapareceu e tive de providenciar outra.

Assim quando você se perguntar: Quem matou Norton? Quem poderia ter atirado nele e ainda ter saído do quarto (aparentemente) trancado, já que Norton estava com a chave no bolso? A resposta é: "Hercule Poirot, que desde que está aqui tem duplicatas da chave de um dos quartos."

O homem que você viu no corredor.

Eu mesmo lhe perguntei se você tinha certeza de que o homem que você viu no corredor era Norton. Você ficou pasmo. Você me perguntou então se eu estava querendo dizer que *não* era Norton. Respondi a verdade, que não queria nunca sugerir que não tivesse sido Norton. (É claro, depois do trabalhão que tive para sugerir exatamente que *era* o Norton.) Aí eu trouxe à baila a questão da *altura*. Todos os homens eram muito mais altos do que Norton. Mas *havia* um homem mais *baixo* que Norton, Hercule Poirot. E é relativamente fácil com salto ou palmilhas nos sapatos parecer mais alto.

Você estava sob a falsa impressão de que eu estava paralítico. Mas por quê? Simplesmente porque eu *o havia dito*. E eu tinha mandado George embora. Essa foi minha última indicação a você: "Vá falar com o George."

Otelo e Clutie John lhe mostram que Norton é X.

Então quem poderia ter matado Norton?

Somente Hercule Poirot.

E uma vez que você suspeitasse disto, tudo mais se encaixaria no lugar certo, as coisas que eu disse, que fiz, minha reticência inexplicável. O testemunho dos médicos no Egito, de meu próprio médico em Londres, de que eu estava perfeitamente capaz de andar. O testemunho de George afirmando que uso peruca. O fato que não pude disfarçar, e que você deveria ter notado, de que eu manco muito mais do que Norton.

E, por fim, o tiro. Minha única fraqueza. Sei bem que devia ter atirado na têmpora. Mas não consegui fazer um trabalho tão malfeito, tão sem capricho. Não, atirei nele simetricamente, bem no meio da testa...

Ah, Hastings, Hastings. *Isso* deveria ser o suficiente para você entender tudo.

Mas talvez, apesar de tudo, você *tenha* suspeitado da verdade. Talvez quando você estiver lendo isso, você já *saiba* a verdade.

Mas alguma coisa me diz que não...

Não, você confia demais nas pessoas...

Você tem uma natureza muito boa...

O que mais posso lhe dizer? Tanto Franklin quanto Judith, eu acho que você descobrirá, sabiam da verdade embora eles não a tivessem contado a você. Vão ser muito felizes, aqueles dois. Eles vão ser pobres, e inúmeros insetos tropicais vão mordê-los, e eles terão estranhas febres, mas todos nós temos nossas próprias idéias do que seja uma vida perfeita, não é?

E você, meu pobre e solitário Hastings? Ah, como sinto por você, meu amigo. Será que você, pela última vez, vai aceitar um conselho de seu velho amigo Poirot?

Depois que você ler isso, pegue um trem, um carro ou uma série de ônibus e vá procurar Elizabeth Cole, que é também Elizabeth Litchfield. Deixe-a ler isso, ou conte a ela o que está escrito aqui. Conte a ela que você, também, poderia ter feito o que sua irmã, Margaret, fez, só que Margaret Litchfield não tinha um Poirot vigilante à mão. Tire esse peso da consciência dela, mostre a ela que seu pai não foi morto por Margaret, mas por aquele simpático amigo da família, aquele "fiel Iago", Stephen Norton.

Porque não é justo, meu amigo, que uma mulher como aquela, ainda jovem, bonita, deva se recusar a ter uma vida normal porque se acredite maculada. Não, não é justo. Conte-lhe isso você, meu amigo, você que não é assim tão sem atrativo para as mulheres.

Eh bien, agora não tenho mais nada a dizer. Não sei, Hastings, se o que fiz é justificável ou não. Não, não sei. Não acredito que um homem deva fazer justiça com as próprias mãos...

Mas por outro lado, eu *sou* a lei! Quando eu era moço, e trabalhava na polícia belga, matei um criminoso desesperado que estava em cima de um telhado e que estava atirando nas pessoas que passavam na rua. Num estado de emergência a lei marcial é proclamada.

Tirando a vida de Norton, salvei outras vidas, vidas de inocentes. Mas mesmo assim não sei... Talvez seja assim mesmo; talvez eu não deva saber. Sempre fui tão seguro das coisas, tão certo...

Mas agora estou muito humilde e digo como uma criancinha "Eu não sei..."

Adeus, *cher ami.* Coloquei minhas ampolas de *amylnitrato* longe da cama. Prefiro me entregar nas mãos do *bon Dieu.* Que seu castigo, ou seu perdão, seja rápido!

Não teremos mais caçadas juntos, meu amigo. Nossa primeira caçada foi aqui, e também a nossa última...

Aqueles foram dias bons.

É, têm sido dias muito bons..."

Fim do manuscrito de Hercule Poirot.

(Nota final do capitão Arthur Hastings:

Eu acabei de ler... Ainda não posso acreditar em tudo... Mas ele está certo. Eu deveria ter visto. Deveria ter adivinhado quando vi o buraco da bala tão simetricamente no meio da testa.

Engraçado... agora que me ocorreu... engraçado, o pensamento que tive hoje de manhã.

A marca na testa de Norton, era como o estigma de Caim...)

Outros títulos da Coleção Agatha Christie

A casa torta
Trad. Carmem Ballot

Brenda, Philip, Roger, Edith, Eustace, Josephine e Sophia. Todos tinham um bom motivo para matar o velho e rico Aristide. Para dificultar o caso, todos também têm um álibi. Mas quem realmente cometeu o assassinato e por quê? Esses são os mistérios a serem desvendados neste romance de Agatha Christie.

O detetive Parker Pyne
Trad. Carmem Ballot

Os primeiros casos que Parker Pyne é chamado a desvendar e resolver estão reunidos neste livro. Menos conhecido que o detetive particular Hercule Poirot — protagonista de boa parte dos livros de Agatha Christie —, Parker Pyne também apresenta um estilo pouco ortodoxo e inteligência arguta e irônica, que lhe ajudam a descobrir tanto o mais cruel assassino quanto as razões do roubo de um simples anel.

Assassinato no Expresso do Oriente
Trad. Archibaldo Figueira

Pouco depois da meia-noite, uma tempestade de neve pára o Expresso do Oriente nos trilhos. O luxuoso trem está surpreendentemente cheio para essa época do ano. Mas, na manhã seguinte, há um passageiro a menos. Um americano é encontrado morto em sua cabina, com doze facadas, e a porta estava trancada por dentro. Pistas falsas são colocadas no caminho de Hercule Poirot para tentar mantê-lo fora de cena, mas, num dramático desenlace, ele apresenta não uma, mas duas soluções para o crime.

O Natal de Poirot
Trad. Vânia de Almeida Salek

Um grupo de pessoas se dirige a Gorston Hall para celebrar o Natal. Entre elas, um francês, um sul-africano e uma misteriosa e bela espanhola. A moça, Pilar, parece muito frágil — mas não há dúvidas de que seus nervos são de ferro: eles lhe serão indispensáveis para o abominável Natal que se aproxima.

Um corpo na biblioteca
Trad. Edilson Alkmin Cunha

Miss Jane Marple, ligando acontecimentos triviais da aldeia com problemas mais graves, desvenda o mistério do cadáver de uma moça encontrado na biblioteca do coronel Bantry.

Treze à mesa
Trad. Milton Persson

Poirot estava presente quando Jane, envaidecida, falara de seu plano para "livrar-se" do marido, de quem estava separada, mas não oficialmente, como ela desejava. Agora o homem estava morto. Mesmo assim, o grande detetive belga não podia deixar de sentir que alguém estava tentando iludi-lo. Afinal, como se explica que Jane tivesse esfaqueado Lord Edgware na biblioteca exatamente na hora em que era vista jantando com amigos? E qual seria o motivo agora, já que o aristocrata finalmente lhe dera o divórcio?

O mistério dos sete relógios
Trad. Milton Persson

Gerry Wade revelou-se um dorminhoco de primeira. Por isso, os outros hóspedes da casa resolveram pregar-lhe uma peça. Acertaram oito despertadores potentes para tocar, um após o outro, a partir das 6h30. Mas, ao amanhecer, um dos relógios tinha desaparecido. O tiro saíra pela culatra, com conseqüências trágicas. E para Jimmy Thesiger, em especial, as palavras "Seven Dials" passariam a ter um significado novo e apavorante.
Um romance de muitas facetas: conspiração, assassinato, mistério, intriga, segredo, aventura e suspense.

Os primeiros casos de Poirot
Trad. Maria Aparecida Moraes Rego

As dezoito histórias reunidas neste volume trazem um Hercule Poirot em início de carreira, quando estabelecia sua reputação de detetive profissional na Inglaterra. A maior parte dos casos é narrada por Hastings, o amigo de Poirot, no estilo Sherlock Holmes e Watson.

Noite das bruxas
Trad. Edilson Alkmin Cunha

Como no conto de “Pedro e o lobo”, Joyce, uma menina muito fantasiosa, diz ter sido testemunha de um assassinato. Como era de se esperar, ninguém acredita nela... a não ser o assassino, que a afoga numa bacia de água com maçãs, usada numa brincadeira durante uma festa de adolescentes. A autora de romances policiais Ariadne Oliver, *alter ego* irônico de Agatha Christie, recorre então a Hercule Poirot para solucionar o crime.

Morte na praia
Trad. Vera Teixeira Soares

Arlena Stuart adorava o sol, e era freqüente ver seu lindo corpo bronzeado estendido na praia, o rosto pousado na areia. Só que desta vez não havia sol... ela tinha sido estrangulada.
Desde a chegada de Arlena, Poirot tinha percebido algo diferente entre os veranistas, uma tensão sexual pairando no ar. Poderia um crime aparentemente passional ter sido ao mesmo tempo uma ação premeditada, muito mais perversa? Os álibis parecem perfeitos neste empolgante mistério à beira-mar.

Assassinato no beco
Trad. José Inácio Werneck

"Assassinato no beco", "O roubo inacreditável", "O espelho do morto e Triângulo de Rodes" são os espetaculares casos reunidos neste livro. Todos são resolvidos pelo detetive Hercule Poirot, um dos personagens mais famosos de Agatha Christie.

Uma dose mortal
Trad. Newton Goldman

O suicídio sem motivo aparente de um homem deixa o detetive Hercule Poirot desconfiado. O dentista era um homem satisfeito, respeitado pelos colegas, amado pela família e pelos amigos. No organizado universo de Poirot existia sempre uma razão para cada suicídio. Este caso, porém, escapa à regra e o detetive empenha-se a investigá-lo.

Edição
Izabel Aleixo
Rachel Agavino

Revisão de tradução
José Mauro Firmo

Revisão
Ana Lúcia Kronemberger

Diagramação
Roberta Meireles

Este livro foi impresso no Rio de Janeiro, em outubro de 2010,
pela Ediouro Gráfica, para a Editora Nova Fronteira.
O papel do miolo é offset 63g/m² e o da capa é cartão 250g/m².